Der dunkle Tag

Herstellung und Verlaf: BoD - Books on Demand,
Norderstedt
C 2011 by Klaus-Jürgen Sparfeld / M.S. Dueschamm

ISBN 9783844800234

Titelfoto: Klaus-Jürgen Sparfeld
Fotos Rückseite: Marion Sparfeld, Klaus-Jürgen Sparfeld

Klaus-Jürgen Sparfeld

Der dunkle Tag

***

Für das Unbekannte in uns

***

Roman

Es war ziemlich dunkel. Es war noch dunkler als dunkel. Man hätte die Hand vor Augen nicht erkennen können, geschweige denn das Ende des Raumes. Das Ende welchen Raumes? War es überhaupt ein Raum, in dem er sich befand? Er wußte es nicht. Seine Augen versuchten, die Finsternis zu durchbohren, aber es gab nichts, daß ihnen einen auch noch so kleinen Anhaltspunkt bot. Alles war schwarz und alles blieb schwarz. Wie war er hierher gekommen? Er mußte irgendwie hierher gekommen sein! Stand oder saß er? Nein, er mußte liegen! Sein Rücken schien Kontakt mit etwas sehr Hartem zu haben. Die Arme spürten eine Art Boden, einen kalten, unebenen Boden. Wo war er? Er versuchte, sich an irgendetwas zu erinnern. Wer war er? Was hatte er gemacht, bevor er in diesen Raum, wenn es denn einer war, gelangt war? Sein Gehirn arbeitete fieberhaft, aber es fand keine Antworten auf die Fragen.

Vorsichtig bewegte er die Finger seiner rechten Hand. Sie tasteten über die Oberfläche dessen, auf dem er lag. Erst sehr vorsichtig und ganz nah an seinem Körper, dann, als sie nichts entdecken konnten außer dem kalten Boden, bewegten sie sich mit Hilfe der Arme etwas weiter von seinem Körper. Der Boden schien etwas feucht zu sein.

Seine linke Hand begann ebenfalls, den Boden abzusuchen. Auch ihr gelang es nicht, etwas anderes als den feuchten, harten, unebenen Boden zu ertasten.

Er schloß die Augen und wartete einige Sekunden. Dann öffnete er sie wieder: Alles war noch immer genauso dunkel wie vorher. Was hatte er erwartet: Daß er die Augen öffnete und gleißendes Licht ihn umgeben würde? Er schloß die Augen erneut, um sie nach einigen Sekunden wiederum zu öffnen. Ihm bot sich dasselbe Nichts wie vorher. Trotzdem wiederholte er diese Prozedur wieder und wieder.

Er wußte nicht, wie oft er es getan hatte, bis er ermattet aufgab. Es war und es blieb dunkel, schwarz.

„**A**nton, beeil dich! So komm doch, wir kommen ja zu spät!"

Anton sah mit großen Augen in die Richtung seiner Mutter, die mehr aufgeregt zu sein schien als er. Immerhin war es sein erster Flug und nicht ihrer. Ihm stand diese Aufregung daher eher zu, fand er. Anton verzog seine Lippen zu einem Schmollmund:

„Ich komm ja schon, aber Teddy muß mit!"

„Ja, Teddy kann ja mit, aber komm endlich!"

„Ich finde Teddy aber nicht."

Seine Mutter atmete tief und geräuschvoll aus; es glich eher einem Stöhnen:

„Wo hast du ihn denn zuletzt gesehen? Komm, denk´ nach!"

„Ich weiß nicht, Mama."

„Anton, gib dir ein bißchen Mühe!" Seine Mutter bemühte sich, ihre Stimme ruhig erscheinen zu erlassen. Sie wußte, daß Anton ohne Teddy nicht fliegen würde.

„Ja!" rief Anton plötzlich, „Teddy ist gestern Abend beim Fernsehen eingeschlafen und ich wollte ihn nicht wecken!"

„Na, dem Himmel sei Dank!"

Anton verschwand im Wohnzimmer und kam freudestrahlend mit Teddy im Arm zurück. Teddy war kein großer, eher ein kleiner Teddy. Bei seiner Geburt mußte er weiß gewesen sein. Jetzt wirkte er eher grau. Und Teddy trug ein Kleid. Warum er das tat, wußte Anton nicht mehr genau. Irgendwann hatte er es sich zum Geburtstag gewünscht, weil die Puppen seiner Schwester auch alle Kleider trugen. Anton hatte keine Puppen und so mußte sein Teddy herhalten.

„Anton!" Seine Mutter stand schon in der weit geöffneten Wohnungstür. Sie winkte Anton, nun endlich mit ihr hinaus ins Treppenhaus zu gehen.

„Wir kommen ja schon", sagte Anton so, als wenn er alle Zeit der Welt hätte.

Als sie am Flughafen ankamen und seine Mutter ihn der freundlichen Stewardess übergab, war es höchste Zeit. Die nette Frau hatte die Maschine kaum mit ihm betreten, als sie sich schon in Bewegung setzte.

Es war dunkel, als er die Augen öffnete. So dunkel, wie man es sich überhaupt nicht vorstellen konnte. Er wußte nicht, wo er war. Sein Körper schien zu schmerzen. Seine Augen versuchten, die Dunkelheit zu durchbohren. Es gelang ihnen nicht. Er spürte seine Arme und seine Hände. Die Finger konnte er bewegen. Es kam ihm jedenfalls so vor. Langsam tastete er erst mit der einen, dann auch mit der anderen Hand über den Boden. Es war ein kalter, feuchter Boden. Der Boden war hart, sehr hart. Hart und uneben. Das Gefühl, ihn zu berühren war kein angenehmes. Im Gegenteil, die Berührung schien ihm Schmerzen zu bereiten. Trotzdem bemühte er sich, den Bereich seiner Bewegungen zu erweitern, in dem er begann, die Arme langsam von seinem Körper weg zu schieben. Es gelang ihm zwar, aber die Anstrengung hierfür war so groß, daß er nach kurzer Zeit innehalten mußte. Er blickte in die Dunkelheit und versuchte, seine Kräfte zu sammeln.

Es war ein helles, ein gleißendes Licht, das seine Augen traf. Es war nicht das künstliche Licht einer Lampe, es war ein anderes Licht. Er blinzelte und sah direkt in die Sonne. Sofort schloß er seine Augen wieder und senkte den Blick. Nach ein paar Sekunden versuchte er es erneut: Er war am Strand! Vor ihm lag das Meer. Tiefblau und ruhig lag es da. So, als wenn es kein Wässerchen trüben konnte. Er wußte, daß es auch anders sein konnte. Aber heute war es ruhig. Es war ruhig und angenehm. Die Sonne schien von einem klaren, wolkenlosen Sommerhimmel. Die Temperaturen waren trotzdem noch erträglich, da ein Wind vom Meer her wehte. Ein kaum spürbarer, doch vorhandener Wind, der eher einem Luftzug glich.

Er lehnte sich wieder zurück in seiner Liege. Um ihn herum tobte das Leben: Der Strand war dicht gefüllt mit Menschen, die wie er in der Sonne lagen oder sich auf dem Weg zum Wasser befanden. Andere schrien und kreischten, während sie wie wild durch das Wasser wirbelten. Kinder waren damit beschäftigt, Sandburgen zu bauen oder ihre Eltern anders in Bewegung zu halten.

Der Liegestuhl neben ihm war leer. Nur ein dunkelblaues Badetuch, das zur Hälfte in den Sand hing, war zu sehen. Seine Frau war nicht da. Er setzte sich auf und schaute sich nach ihr um. Die

Sonne machte es ihm nicht leicht, etwas zu erkennen. Trotzdem entdeckte er sie schließlich: Sie stand keine 20 Meter von ihm entfernt am Ufer und wedelte mit den Armen. Ihr Blick war auf das Wasser gerichtet. Wahrscheinlich bedeutete sie ihrer gemeinsamen Tochter, nicht zu weit raus zu schwimmen. Die kleine Lisa war zwar schon zehn Jahre alt, aber das hier war nicht das Freibad um die Ecke, sondern das Meer. Das war schon etwas Anderes. Nicht umsonst las man immer wieder von Unfällen leichtsinniger Touristen, die sich selber überschätzt und das Meer unterschätzt hatten.

Seine Frau wirkte ruhig, es schien also alles in Ordnung zu sein. Er ließ sich in den Liegestuhl zurücksinken, zog sich die Schirmmütze tiefer ins Gesicht und schloß die Augen wieder.

Es war dunkel. Sehr dunkel. Eigentlich konnte man nichts sehen außer Schwärze. Er schien zu liegen und sein Körper schmerzte. Er glaubte, schon einmal in einer ähnlichen Situation gewesen zu sein. Der Schmerz, die Dunkelheit, alles schien genauso zu sein, wie schon einmal. Er versuchte verzweifelt, sich zu erinnern.

„**A**nton, komm endlich, das Essen wird kalt!"

Die Stimme seiner Mutter klang gereizt. Sie hatte ihn nun schon mindestens zum vierten Mal gerufen. Doch Anton kam nicht. Er saß auf dem Teppich am Boden seines Zimmers und bewegte kleine Figuren hin und her. Dabei gab er Geräusche wie „Peng!", „Ah!", „Puff!", „Nein!" von sich. Kriechend bewegte er sich durch den Raum. In der Mitte des Raumes befand sich eine Art Burg aus Legosteinen. Es war eine sehr große Burg. Anton hatte viele Legosteine. Sie gehörten zu seinem liebsten Spielzeug. Mit ihnen erschuf er sich eigene Welten, in die er so tief versank, daß er alles andere um sich herum vergaß. Im Moment versuchten die roten Ritter die Burg zu erobern, die von den grünen Rittern verteidigt wurde. Eigentlich waren es gar keine Ritter, sondern kleine Plastiksoldaten in unterschiedlichen Farben. Für Anton waren es heute Ritter. Rote und grüne Ritter. Die grünen Ritter waren die guten Ritter, weil er neulich im Fernsehen einen Film gesehen hatte. „Robin Hood" hieß der Film und dieser Robin Hood war ein guter Mensch, der für die Armen kämpfte. Er und seine Leute trugen grüne Kleidung. Der Sheriff und seine Soldaten hatten Wappen und Fahnen, die rot waren. Sie waren böse. Also waren auch bei Anton die roten Ritter die bösen Ritter. Der Kampf wogte hin und her. Mal gelang es den Roten, in die Burg einzudringen, mal wurden sie bis in den Wald zurück getrieben, der sich unter dem großen Tisch in der Ecke des Zimmers befand. Das in dem Film die grünen Ritter im Wald gelebt hatten und nicht die roten, interessierte Anton nicht. Es galt, die Burg zu verteidigen und die guten Ritter hatten nun einmal dort zu wohnen. Fast war es den roten Rittern gelungen, in den zweiten Hof der Burg vorzudringen, so weit waren sie noch nie gekommen, da hörte Anton die Stimme seiner Mutter und spürte gleichzeitig ein kräftiges Ziehen an seiner rechten Schulter, das ihn in die Realität zurück holte:

„Anton! Es gibt Fischstäbchen, dein Lieblingsessen!"

„Ja, Mama, ich komm´ ja schon", maulte er und erhob sich widerwillig. „Darf ich nach dem Essen weiter spielen?"

„Wenn du aufgegessen hast, natürlich." Seine Mutter lächelte ihn an. Anton war ein aufgewecktes Kind. Was ihr Kummer bereitete war seine Unkonzentriertheit. Die Lehrerin hatte schon mehrmals mit ihr darüber gesprochen:

„Ihr Anton", hatte sie gesagt, „daß ist ein hoch intelligentes Kind. Wirklich. Aber, er ist oft mit seinen Gedanken ganz woanders. Er sitzt auf seinem Platz und starrt ins Leere. Seine Augen leuchten dann seltsam und wenn man ihn anspricht, reagiert er überhaupt nicht. Erst, wenn man direkt vor ihm steht und ihn berührt, reagiert er. Das kann noch mal zu einem Problem werden. Er bekommt dadurch viele Dinge nicht mit. Sie haben keine Erklärung für sein Verhalten?"

Nein, die hatte sie nicht. Sie hatte dieses Verhalten an Anton auch schon bemerkt, aber sie wußte nicht, wie sie damit umgehen sollte. Also ließ sie ihn, wie er war. Er schien glücklich zu sein, so wie er war.

Anton hatte die Fischstäbchen in Windeseile verschlungen und war schon wieder auf dem Weg in sein Zimmer: Die grünen Ritter brauchten ihn, er mußte mit ihnen die Burg gegen die roten Ritter verteidigen.

Es war dunkel, sehr dunkel. Er schien sich im Innern von Etwas zu befinden. Sein Kopf schmerzte. Langsam hob er die rechte Hand und versuchte, sie an seine Stirn zu führen. Der Arm schmerzte auch. Trotzdem gelang es ihm, seine Stirn zu berühren. Sie war klebrig feucht. Er führte die Finger zum Mund. Blut! Es war Blut! Seine Stirn war blutig. Der Gedanke beruhigte ihn keineswegs. Er versuchte, sich zu erinnern und gleichzeitig, sich in der Dunkelheit zu orientieren. Beides gelang ihm nur sehr unvollständig. Seine Augen hatten Schwierigkeiten, die Finsternis zu durchdringen.

Seine Hände tasteten die Umgebung ab. Er schien sich am Boden von Etwas zu befinden. Es war eine rauhe, kalte Oberfläche, die ihn umgab. Die linke Seite seines Körpers schien intakt zu sein. Jedenfalls hatte er dort keine Schmerzen, als er den Arm bewegte und die Umgebung abtastete. Vorsichtig, ganz vorsichtig, versuchte er, sich hinzuknien. Es dauerte einige Zeit, bis es ihm gelungen war. Mit seinen Beinen war es genauso, wie mit seinen Armen: Die rechte Seite bereitete ihm Schmerzen, links schien alles in Ordnung zu sein. In seinem Kopf arbeitete es fieberhaft: Was war geschehen? Seine Gedanken formten undeutliche Bilder, die er noch nicht fassen und strukturieren konnte. Er begnügte sich für den Moment, seine nähere Umgebung weiter zu erforschen.

Er wußte nicht, wie lange es gedauert hatte, bis er, fast kriechend, etwas wie eine Wand erreicht hatte. Jedenfalls nahm er an, daß es sich um eine Wand handelte: Der Boden endete und seine Hände konnten sich an etwas nach oben tasten. Er fühlte einzelne Steine, große Steine. Steine, wie man sie in alten Gemäuern fand.

„Feldsteine!" schoß es ihm durch den Kopf, „das sind Feldsteine!"

Wenn es Licht gegeben hätte in der Dunkelheit hätte man gesehen, daß in diesem Moment eine Art Lächeln über sein Gesicht glitt. Er erinnerte sich an Etwas.

„Ja", dachte er, „der Ausflug! Wir waren im Wald, im Wald am See!"

Er überlegte und langsam, ganz langsam, nach

und nach kamen die Bilder. Den Versuch, aufzustehen, hatte er für den Moment aufgegeben. Sein Rücken lehnte an der kalten, unebenen Wand. Trotzdem war es eine Erleichterung für ihn im Gegensatz zu der Zeit auf dem feuchten Boden. Die Schmerzen waren nicht verschwunden, aber sie hatten nachgelassen. Auch seine Wunde an der Stirn hatte aufgehört zu bluten, nachdem er seine Socken zusammengebunden und um die Stirn gewickelt hatte. Er konzentrierte sich auf den Gedanken, der ihm gerade in den Sinn gekommen war:

Sie waren am See. Sie, das waren er, seine Frau und noch ein paar andere. Wer genau, konnte er noch nicht sagen. Es war ein schöner Spätsommertag. Die Sonne schien auf das Wasser des Sees. Alles war friedlich, hier und da war ein Vogel auf dem Wasser zu sehen und ab und an sprang irgendwo ein Fisch. Ein paar Vögel, deren Namen er nicht kannte, zwitscherten hin und wieder. Es war Natur pur. Ein herrliches Wochenende lag vor ihnen. Es war eine gute Idee gewesen, es hier zu verbringen. Obwohl er sich zunächst dagegen gesträubt hatte. Er wußte nicht mehr, warum er das getan hatte. Es war auch gleichgültig. Er genoß es, am Ufer auf einem Handtuch zu liegen und in den blauen Himmel zu blicken. Seine Gedanken waren irgendwo weit, weit weg.

Seine Freunde, er glaubte sich zu erinnern, daß es seine Freunde waren, mit denen er am See weilte, waren mit dem Boot auf dem Wasser. Wenn er den Kopf hob, konnte er es am anderen Ufer erkennen. Seine Frau war mit ihnen hinüber gefahren. Er konnte sich nicht erinnern, warum er nicht mitgefahren war.

„Ja, richtig! Das war es: Die anderen wollten zu der Ruine!"

Langsam entstanden immer mehr und deutlichere Bilder in seinem Innern: Die Ruine! Das war es! Sie hatten davon gehört, im Dorf unten. Es gab viele Geschichten von diesem alten Gemäuer. Geschichten, die dafür sorgten, daß sich niemand aus der Gegend zu den Mauerresten wagte. Sie lag auf einer Halbinsel und war früher mal ein stattliches Gebäude in dem Fürsten oder ähnliche Edelleute gehaust hatten. Irgendwann wurde sie aus irgendwelchen Gründen verlassen. Er hatte nicht genau hingehört bei den Schauergeschichten. Er glaubte nicht an solche Dinge. Die anderen auch nicht, aber sie fanden es spannend, der Ruine einen Besuch abzustatten. Es war schließlich heller Tag und sie waren nicht allein – was also sollte passieren? Am Ende hatte er, mal wieder, nachgegeben.

Als sie nach längerer Fahrt über holprige Straßen die Stelle erreicht hatten, die man ihnen beschrieben hatte, hatte er den anderen recht geben müssen: die Fahrt hatte sich schon wegen der Lage des Sees gelohnt. Nach der Unruhe des täglichen Lebens, war es genau das, was er brauchte. Es ging ihm in der letzten Zeit nicht besonders. Seine Gesundheit war angegriffen. Die jahrelange Hetze und der immer stärker werdende

Druck im Arbeitsleben forderten seinen Preis. Sein Arzt hatte ihm geraten, ein paar Gänge zurückzuschalten, wenn er seinen nächsten Geburtstag noch erleben wollte. Deshalb hatte er sich mit dem Wochenende einverstanden erklärt. Und deshalb wollte er auch nicht zu der Ruine. Er fand es genau richtig, am Ufer zu liegen und das zu tun, was er gerade tat: gar nichts!

Die anderen winkten. Sie schienen jetzt an Land zu sein. Er schaute ihnen nach, bis sie zwischen den Bäumen und Büschen verschwunden waren. Er schloß die Augen und ließ die Strahlen der Nachmittagssonne weiter auf seinem Körper brennen.

Er fröstelte. Als er die Augen öffnete, wollte die Sonne gerade hinter den Hügeln auf der gegenüberliegenden Seite verschwinden.

„Rosi!" rief er, „ich muß eingeschlafen sein, wie war's da drüben?"

Er wartete einen Augenblick, aber er erhielt keine Antwort:

„Rosi?" versuchte er es noch einmal, „Rosi, bist du da?" Er holte Luft und richtete sich auf. Um ihn herum dämmerte es und seine Augen suchten nach seiner Frau und den Freunden. Es war nichts von ihnen zu sehen:

„Rosi?" versuchte er es ein drittes Mal, „Rosi? Herbert? Michael? Ist da irgendwer?"

Absolute Stille umgab ihn. Er stand auf und ging zu den Zelten. Zuerst schaute er in das von ihm und seiner Frau: Es war leer. Genauso die beiden anderen. Niemand außer ihm war im Lager.

„Das Boot!" schoß es ihm durch den Kopf.

Er ging die paar Schritte zum See und suchte mit den Augen das Ufer ab: Es war kein Boot zu sehen!

„Merkwürdig!" sagte er sich. Er suchte nach seinem Telefon:

„Natürlich! Was auch sonst!" fluchte er, „kein Empfang! Immer, wenn man die Dinger braucht, gibt es keinen Empfang!"

Er blickte über den See. In der hereinbrechenden Dunkelheit glaubte er, das Boot dort zu sehen, wo die anderen vor Stunden an Land gegangen waren.

„Vielleicht sind sie dort geblieben!" dachte er bei sich. „Kein Grund, sich Sorgen zu machen, sie sind zu fünft. Was sollte denn passieren?"

Er dachte an die Schauergeschichten und so ganz glaubte er selber nicht an das, was er da vor sich hin brubbelte.

„Ich kann hier nicht so einfach rumsitzen und warten! Ich muß etwas tun!"

Er ging zum Zelt, nahm die Taschenlampe, seine Jacke, zog die Wanderschuhe an und machte sich auf den Weg. Er wollte am Ufer entlang zu der Ruine, deren Schatten sich noch schwach gegen den Abendhimmel abzeichnete.

Er wußte nicht genau, wie lange er so gelaufen war. Seine Uhr hatte er ebenso im Zelt gelassen wie sein Telefon.

„Zum Glück haben wir Vollmond und wenig

Wolken!" sagte er zu sich. Überhaupt sprach er fast die ganze Zeit mit sich selbst. Daß er es deshalb tat um die eigene Unsicherheit zu überspielen hätte er nie zugegeben.

„So, da hinten müßte das Boot sein; weit ist es bestimmt nicht mehr. Es kann nicht mehr weit sein, so lange wie ich schon unterwegs bin!"

Das Ufer war schon eine ganze Weile nicht mehr so eben wie an der Stelle, wo sie ihr Lager aufgeschlagen hatten: große und größere Steine versperrten ihm den Weg, der Untergrund gab immer wieder nach und mehr als einmal liefen seine Schuhe voll.

„Ich wußte gar nicht, daß es um diese Jahreszeit noch Mücken gibt, Mistviecher!" sagte er jedes Mal, wenn er wieder den Stich eines dieser Plagegeister spürte. Sein ganzer Körper schien zu jucken. Er bereute, daß er nicht die lange Hose übergezogen hatte. Immerhin hatte er an seine Jacke gedacht.

Nicht nur die Mücken plagten ihn, auch die Temperatur war merklich gesunken.

„Es ist fast Herbst und nicht Hochsommer. Wenn die Sonne weg ist, wird es kalt. So ist das eben um diese Jahreszeit. Wenn sie da irgendwo sind, haben sie bestimmt ein Feuer gemacht um sich zu wärmen. Bestimmt. Bei der lausigen Kälte braucht man ein Feuer. Unmöglich, einfach so wegzubleiben, ohne sich zu melden. Sie hätten wenigstens jemanden schicken können, der mir Bescheid sagt. Man macht sich doch schließlich seine Gedanken. Außerdem ist es nicht fair, einen so alleine einfach zurückzulassen. Nein, nicht fair! Ich werde das noch zur Sprache bringen! Ganz bestimmt! Mist!"

Er war über Etwas gestolpert, das man gemeinhin als Wurzel bezeichnete.

„Bleib´ mit deinen Gedanken hier, hier auf dem Weg! Es ist dunkel, es ist nicht die Großstadt, paß auf, sonst brichst du dir noch etwas!"

Mühsam kam er wieder auf die Beine.

„Widerlich! Und, wie das stinkt! Bäh!"

Seine Sachen waren naß und mit einer dunklen, modrigen Flüssigkeit getränkt.

„Na, denen werde ich was erzählen! Ich hoffe, sie haben was Anständiges zu trinken mitgenommen! Rosi, Rosi, du willst deinen Mann wohl umbringen!"

Nach einer weiteren Unendlichkeit, inzwischen beleuchtete nur noch der Mond die Szenerie, hatte er die Stelle erreicht, an der das Boot lag.

„Da ist es ja! Na endlich!"

Wenn man sein Gesicht hätte sehen können, hätte man die Erleichterung darin gesehen.

„Nun, wo sind sie?"

Er blickte sich um: Es war weder jemand zu sehen, noch etwas wie ein Feuer zu entdecken. Es war kalt und unheimlich still. Auch die unregelmäßigen Rufe eines Käuzchens trugen nicht gerade etwas zu seiner Beruhigung bei.

„Rosi?" rief er eher verhalten, „Rosi? Bist du hier irgendwo?"

Er erschrak über seine eigene Stimme: In der

absoluten Ruhe wirkten seine geflüsterten Worte wie das Geräusch eines Preßlufthammers.

„Rosi? Hallo? Ist da irgendwer? Kommt raus, ihr habt euern Spaß gehabt! Es reicht jetzt! Ja, ich lache auch: Haha. Habt ihr gehört? Ich habe gelacht!"

Er drehte sich fast unaufhörlich immer um sich selbst, während er genauso unaufhörlich mit der Dunkelheit redete. Nach etwa zehn Minuten hatte er eingesehen, daß sich wohl niemand in der näheren Umgebung aufzuhalten schien.

„Dann muß ich wohl zu dem alten Ding!" sagte er und deutete in die Richtung, in der die Ruine lag. Man konnte dem Klang seiner Stimme deutlich anmerken, daß ihm dieser Gedanke keine Freude bereitete.

„Na, denn!"

Er setzte sich in die Richtung in Bewegung, in die er gedeutet hatte, in der Hoffnung, daß es die richtige war.

„Es ist von ungeheuerlichem Vorteil, daß es dunkel ist und, daß ich noch niemals hier war – das wird es mir bestimmt erleichtern, dieses Teil zu finden!" fluchte er vor sich hin, während er mehr stolpernd als gehend vorankam.

Die Taschenlampe hielt er fest umklammert in der Hand. Er hatte sie noch nicht benutzt. Das Licht des Mondes reichte aus, um soviel zu erkennen, daß er zumindest eine vage Vorstellung von seiner Umgebung hatte.

„Wer weiß, wann ich das Ding noch gebrauchen kann!" dachte er, „so eine Batterie hält auch nicht ewig!"

Es ging einen kleinen Hügel bergauf. Die Steigung war kaum der Rede wert. Trotzdem strengte sie ihn an. Er war ein Stadtmensch, dazu noch ein Büromensch. Das alles war ihm fremd. Die Zeiten in denen er seinen Körper in einen Schlafsack gezwängt hatte, der sich in einem winzigen Zelt befunden hatte, waren lange vorbei. Dazu war er zu alt. Seinen Urlaub verbrachte er am liebsten unter südlicher Sonne in Hotels mit Pool, Strand, Wellnessoase und anderem mehr. Die einzigen Wanderungen, die er dort unternahm, waren die von der Bar zum Pool und wieder zurück. Dort gab es keine Wurzeln, über die er fallen konnte, keinen stinkenden, schlammigen Boden, der in seiner Kleidung klebte und auch keine unbeleuchteten Waldwege, die gar keine Wege waren. So angenehm und schön ihm der Aufenthalt an diesem Ort noch erschienen war am Mittag, so sehr bereute er es jetzt, hierher gekommen zu sein.

„Nie wieder! Nie wieder fahre ich in die Natur! So ein Hotel hat Natur genug. Dort gibt es auch Bäume und Gras und Büsche. Das ist auch Natur. Das ist auch grün und das ist genug Grün für einen Urlaub!"

Außer dem Käuzchen, das ihm schon wie ein alter Bekannter vorkam, war nichts zu hören. Er kämpfte sich Schritt für Schritt den Hang hinauf und, er konnte es kaum glauben: da lagen die Reste der alten Mauern vor ihm.

„Nein! Schon! Wer hätte das gedacht. Und nicht

einmal die Sonne ist aufgegangen. Na, das war ja ein netter, kleiner Spaziergang!"

Er schaute sich um: Unterhalb lag der See. Man konnte sogar das Boot erkennen. Von hier aus erschien das alles ziemlich nah.

„Wie? Und das ist das andere Ufer da drüben? Was hat denn da so lange gedauert?"

Er konnte es nicht fassen. Auch hier war niemand zu sehen. Er wollte sich gerade auf den Weg zu den alten Steinen machen, als er etwas im Mondschein glitzern sah. Es lag ein paar Meter von ihm entfernt am Boden. Langsam ging er darauf zu. Als er den Gegenstand erreicht hatte, stellte er sich als ein Armband heraus. Ihm wurde ein wenig mulmig, als er erkannte, daß es sich um das Armband seiner Frau handelte.

„Das ist Rosis!" sagte er, „Rosis Armband! Sie hat es bestimmt nur verloren. Na klar, die sind hier rauf, sie ist gestolpert. Man kann hier überall über alles stolpern, auch am Tag. Dabei ist sie mit dem Ding irgendwo hängen geblieben und es ist ihr unbemerkt vom Arm gerutscht. So muß es gewesen sein!"

Sein Atem ging stoßweise. Er hob das Armband auf und sein Atem wurde zu einem Keuchen:

„Durchgerissen, das Armband ist durchgerissen! Sie hat es nicht freiwillig abgelegt und, sie hat es auch nicht verloren!"

Er schaute um sich wie ein gehetztes Tier: War da nicht etwas? Hatte er dort hinten nicht eine Bewegung gesehen? Er wurde noch nervöser als er es ohnehin schon war. Außer ihm und dem

Käuzchen war nichts zu hören und außer den alten Steinen, den Bäumen und dem See war auch nichts zu sehen.

„Ganz ruhig, bleib´ ganz ruhig!" sagte er sich, „jetzt läßt du dich auch schon verrückt machen von diesen Ammenmärchen! Natürlich: Sie ist irgendwo hängen geblieben und dabei ist das Ding nicht abgerutscht, sondern abgerissen! Klar! Natürlich! Das ist es! Was soll es auch sonst gewesen sein? Jetzt nur einen klaren Kopf behalten. Erst mal eine kleine Pause und zur Ruhe kommen."

Er setzte sich auf einen großen Stein, der ein paar Schritte weiter auf der kleinen freien Fläche vor den Mauerresten aus dem Boden ragte. Er überlegte.

„Also, sie sind hier herauf gekommen, irgendwie. Das ist klar. Sie waren hier. Das ist auch klar. Dann sind sie wahrscheinlich zu dem Ruinenteil da gegangen und natürlich sind sie darin rumgeklettert. Klar, deswegen wollten sie ja hierher. Aber, wohin sind sie dann?"

Er schaute sich wieder um: Es gab nichts, wohin man hier hätte gehen können.

„Natürlich!"

Er schlug sich mit der flachen Hand gegen die Stirn:

„Auf die andere Seite! Sie sind zuerst auf die andere Seite gegangen. Es war hell, als sie hierher gekommen sind! Sie konnten die Umgebung viel besser überblicken. Und auf der anderen Seite ist wahrscheinlich ein Hotel oder sowas in der Art. Ein Hotel nur für besondere Gäste und deshalb die

Schauergeschichten, damit die hier ihre Ruhe haben: Politiker, Stars, Millionäre und dergleichen. Ein Luxusresort mit allem Komfort. Wie oft hat man schon von solchen Orten gehört, die nur Eingeweihte kennen."

Er schwieg für einen Moment.

„Oder, da ist ein altes Haus, in dem ein noch älteres Mütterchen haust, deren Familie schon immer den Herren des Schlosses gedient hat und die das jetzt weiter tut, bis an ihr Ende. Oder, sie ist schon tot und das Haus steht leer und niemand erinnert sich mehr daran und meine Frau und meine Freunde haben sich dort für die Nacht einquartiert!"

Sein Atem beruhigte sich wieder etwas. Er hatte genügend Erklärungen für den Verbleib der Anderen gefunden. Daß diese Erklärungen einer Überprüfung durch Außenstehende auf ihren Realitätsbezug wohl nicht stand gehalten hätten, interessierte ihn nicht. Er beschloß, sich auf den Weg auf die andere Seite zu machen. Langsam stand er auf, steckte das Armband seiner Frau in eine Tasche seiner Hose und schritt auf die Mauerreste zu.

Zwei Minuten später stand er direkt vor dem ehemaligen Schloß. Sehr viel schien nicht übrig geblieben zu sein von der Anlage. Die Mauer wirkte ziemlich instabil. Dennoch war sie so hoch, daß er nicht einfach über sie hinwegsehen konnte. Er blickte erst nach links, dann nach rechts. Auf beiden Seiten bot sich ihm das gleiche Bild: Mauer, etwa zwei Meter hoch, kein Durchbruch zu erkennen. Also entschied er sich für eine Richtung und marschierte an den Steinen entlang bis zur Ecke. Er hatte den Weg nach links gewählt, weil der Mond von dieser Seite her leuchtete. So erhoffte er sich, mehr erkennen zu können, wenn er die Ecke erreicht hatte.

Er wirkte enttäuscht. Als er um die Ecke blickte, konnte er zwar erkennen, was sich dort befand, aber es bot sich ihm das gleiche Bild, wie an der Stelle, an der er seine Wanderung begonnen hatte: Mauer, etwa zwei Meter hoch und auch hier war kein Durchbruch zu erkennen. Das wunderte ihn ein wenig, aber er machte sich keine weiteren Gedanken darüber, sondern ging den Weg zurück, den er gekommen war, hin zu der anderen Ecke.

„Das verstehe ich nicht!" sagte er, als er dort angekommen war.

Auch hier wieder: Mauer, etwa zwei Meter hoch und keinerlei Durchbruch.

„Ich denke, das ist eine Ruine! Von weitem sieht das Ding so kaputt aus und jetzt ist da nirgendwo ein Durchkommen!"

Er verharrte einen Moment, dann wanderte er erneut die vordere Seite entlang zu der linken Ecke. Diesmal umrundete er sie jedoch und folgte der Mauer.

„Es gibt ja noch eine Rückseite!" sagte er zu sich, „die Seite mit dem Hotel oder dem alten Mütterchen!"

Seine Schritte waren langsam und schwer. Er war nun schon eine geraume Zeit unterwegs und hatte seit dem Frühstück nichts mehr gegessen und auch fast nichts getrunken. Außerdem war ihm inzwischen ziemlich kalt, da die Lufttemperatur sich dem Gefrierpunkt zu nähern schien und seine Sachen noch immer mehr naß als trocken waren.

„Hoffentlich haben die da einen Grog! Bestimmt haben die einen. Die anderen werden in bequemen, superweichen und superwarmen Betten liegen und nach einem phantastischen Abendessen von den schönsten Dingen träumen! Ihr werdet Augen machen, wenn ihr zum Frühstück kommt und ich da sitze und auf euch warte! Ha! Das wird ein Spaß!"

Doch so weit war es noch nicht. Zwischen ihm und dem Frühstück lagen noch eine alte Mauer und ein holpriger, zumeist dicht bewachsener Pfad, den er sich entlang zu kämpfen dabei war.

Dann hatte er sie erreicht: Die Ecke! Innerlich hatte er die Hoffnung schon fast aufgegeben, jemals an diesen Punkt zu gelangen. Nun war er dort und nun schaute er, sich an der Mauer abstützend, was sich hinter ihr verbarg. Er traute seinen Augen nicht:

„Nein, das kann doch nicht sein!" stieß er hervor.

Das, was er sah, war nicht das Luxushotel, aber es war ein altes Steinhaus, ziemlich alt und dennoch wirkte es relativ gut erhalten.

„Die alte Frau!" dachte er, „es gibt oder gab sie wirklich. Na also. Ein paar Schritte noch und dann bin ich da."

Er stolperte dem Häuschen entgegen. Als er es

erreicht hatte, schlich er vorsichtig zu der Stelle, wo sich die Tür befand. Ganz langsam legte er seine Hand dagegen und erhöhte unmerklich den Druck gegen das Holz. Mit einem leisen Knarren ließ sie sich wirklich bewegen.

Noch langsamer trat er über die halb vermoderte Schwelle.

Er wußte nicht genau, was er im Innern erwartet hatte, das jedoch nicht: Es war dunkel und die noch intakten Mauern verschluckten auch das letzte Licht. Er tastete vorsichtig die Umgebung ab, wobei er sich sehr langsam vorwärts bewegte. Sein linker Fuß blieb an etwas hängen, das auf dem Boden lag. Er geriet ins Stolpern und suchte im Fallen nach einem Halt. Seine Hände erwischten eine Art Balken, der jedoch unter dem Druck nachgab. Es gab ein fürchterliches Rumpeln und irgendetwas traf ihn an der Stirn.

Er verlor den Halt und ging unsanft zu Boden. Zum Glück blieb er bei Bewußtsein:

„So ein Mist!" fluchte er, „jetzt reicht es!"

Er griff nach seiner Taschenlampe. Der Raum wurde von einer Sekunde auf die andere in gleißendes Licht getaucht. Jedenfalls kam es ihm so vor nach der vorher herrschenden Dunkelheit. Er erschrak und hielt sich die freie Hand vor die Augen, die sich erst langsam an die plötzliche Helligkeit gewöhnen mußten.

„Na, wenigstens geht sie noch!"

Er sah sich um. Das ganze untere Geschoß schien aus einem einzigen Raum zu bestehen, oder eher: bestanden zu haben. Die Decke war an einigen Stellen eingestürzt und Trümmer füllten den Raum zusammen mit den Resten einiger weniger Holzmöbel. Es sah nicht danach aus, als wenn dieses Haus bis vor kurzem bewohnt gewesen war. Noch weniger sah es danach aus, als wenn in den letzten Jahren überhaupt jemand das Gemäuer betreten hatte. Enttäuscht trat er den Rückzug an. An der Tür schaltete er die Taschenlampe wieder aus.

„Und nun? Nichts mit Hotel und Pool oder dergleichen. Das wäre ja auch zu schön gewesen. Das ist eben kein Roman oder Film, das ist die Realität! Und die sieht eben immer anders aus!"

Sein Blick fiel wieder auf das alte Schloß.

„Na, schau mal da! Was haben wir denn hier!"

Nicht weit von ihm befand sich eine Art Loch in der Mauer, in dem sich eine Art Tor zu befinden schien.

„Na also, suchet, so werdet ihr finden! Irgendwo mußte es doch in dieses Ding gehen!"

Er nahm die letzten Kräfte zusammen und bewegte sich zu dem Tor. Und tatsächlich, es ließ sich öffnen! Diesmal war er noch vorsichtiger als bei der Hütte. Fast in Zeitlupe schob er das Tor auf und spähte erst einmal umher, bevor er den ersten Schritt in das Innere des Schlosses setzte. Er schaute nach oben:

„Nichts, das ist gut!" sagte er erleichtert.

Er befand sich nun in einem Hof, der rings herum von der Mauer umgeben war, an der er sich entlang gearbeitet hatte.

„Das ist ja gar nicht so groß!" entfuhr es ihm,

„von Außen wirkte das so gewaltig!"

Ihm gegenüber sah man die Überreste eines ehemals wohl stattlichen Gebäudes. An der einen Ecke ragte noch ein ziemlich hoher Stumpf in den Nachthimmel, ansonsten schien nur noch die untere Etage einigermaßen erhalten zu sein.

„Das muß mal drei oder vier Stockwerke gehabt haben! Ganz schön mächtig! Na, viel ist nicht mehr übrig. Im Gegensatz zu der Außenmauer. Die hat es besser überstanden. Eigentlich merkwürdig, oder? Was soll´s, ich bin drin, das zählt."

Er näherte sich der Ruine des Hauptgebäudes. Noch immer war außer dem Käuzchen und ihm nichts zu hören.

„Was war das?"

Er fuhr herum und seine Augen wanderten an der Mauer entlang. Für einen Moment hatte er geglaubt, Stimmen gehört zu haben. Aber da war nichts. Er mußte sich getäuscht haben. Oder etwa doch nicht?

„Da war doch was!"

Er lenkte seine ganze Aufmerksamkeit in die Ecke rechts von dem Tor. Dort sah man die Überreste eines Turmes. In dem Turm war statt einer Tür nur noch ein kleines, dunkles Loch.

„Da! Schon wieder!"

Er war sich jetzt sicher, etwas gehört zu haben.

„Und das? Das war doch Licht! Oder nicht? Du siehst schon Geister! Wer sollte sich denn dort aufhalten? Andererseits, irgendwo müssen die anderen ja geblieben sein! Da unten ist dann wohl die alte Burgschenke!"

Er glaubte eigentlich selber nicht mehr an das, was er da sagte. In Wirklichkeit war er ratlos und hatte keine Ahnung, was mit seinen Freunden geschehen sein konnte. Also, warum sollte er nicht zu dem Turm gehen? Die Nacht war schon weit fortgeschritten und irgendwann mußte es ja hell werden. Er hatte beschlossen, sich einen einigermaßen trockenen Platz für den Rest der Nacht zu suchen und dort den Morgen abzuwarten. Mehr konnte er nicht tun. Am Tag würde sich alles von alleine aufklären.

„Vielleicht ist ja da drin ein trockenes Plätzchen für mich!"

Er setzte einen Fuß vor den anderen und als er das Loch in dem Turm erreicht hatte, bückte er sich, steckte zuerst den Kopf hindurch und ließ dann den Rest seines Körpers folgen.

Es war noch dunkler als in der alten Hütte. Er hörte keine Stimmen mehr und er sah auch keinen Lichtschein. Seine Taschenlampe kam erneut zum Einsatz. In ihrem Schein sah er einen kleinen, leeren Raum in dessen Mitte sich ein Loch im Boden befand. Er leuchtete hinein: Eine Art Wendeltreppe führte nach unten. Seinem ersten Impuls folgend wollte er den Turm wieder verlassen und sich in einer anderen Ecke ein Plätzchen für den Rest der Nacht suchen. Doch irgendwie weckte dieses dunkle Loch mit der Treppe seine Neugier. Auch er war mal ein Kind und etwas davon steckte wohl doch noch in ihm. Sein Forscherdrang war erwacht.

„Kann ja nichts schaden, mal zu schauen, was

da unten ist! Hab´ ja sowieso nichts anderes zu tun! Also, abwärts! Was soll schon…"

Weiter kam er nicht. Kaum hatte er die erste Stufe betreten, rutschte er auf der feuchten, ausgetretenen Steinfläche weg. Er verlor den Halt und die Taschenlampe, stürzte die Stufen hinunter und schlug unten unsanft mit dem Kopf auf den Boden auf. Besinnungslos blieb er liegen.

„Ja, so war es!"

Sein Kopf schmerzte noch immer, aber es ging ihm schon besser. Jetzt wußte er wieder, wo er war und wie er dorthin gelangt war. Das half ihm für den Augenblick zwar nicht weiter, aber es beruhigte ihn. Zumindest hatte der Sturz keinen dauernden Gedächtnisverlust bei ihm bewirkt. Er versuchte, sich von der Wand zu lösen und langsam aufzustehen. Dabei stützte er sich mit der einen Hand am Boden ab und die andere bewegte er unaufhörlich über seinem Kopf hin und her. Es war noch immer dunkel und er wußte, daß die Räume in solchen alten Gemäuern oft nicht sehr hoch waren. Er hatte keine Lust, sich den Kopf erneut an etwas aufzuschlagen. Die Hand stieß auf etwas Hartes, bevor er sich ganz erhoben hatte. Das zeigte ihm, daß seine Vorsicht durchaus angebracht gewesen war.

„Siehst du! Richtig gemacht! Die Decke ist flach, viel zu flach für dich!"

Er wußte nicht, in welche Richtung er gehen mußte. Sein Versuch, die Stufen der Treppe zu finden, mißlang. Er schien sich langsam durch einen Gang zu bewegen. Durch einen ziemlich langen, geraden Gang. Zu seiner Überraschung stellte er fest, daß der Gang immer höher wurde. Schließlich konnte er fast aufrecht stehen. „Was das wohl für ein Gang ist und wo der hinführt? Ein Geheimgang! Natürlich! Alle Burgen und Schlösser haben Geheimgänge. Du bist also in so einem gelandet. Nun, alle Geheimgänge führen auch irgendwo hin. Das ist gut. Meistens führen sie nach Draußen! Das ist noch besser! Also, weiter. Die anderen werden bestimmt schon wieder auf dem Rückweg zum Lager sein. Draußen lacht die Sonne und du irrst hier durch irgendwelche unterirdischen Gänge. Geschieht dir auch ganz Recht! Was mußt du auch mitten in der Nacht losrennen, anstatt in Ruhe zu warten, bis sich am Morgen alles in Wohlgefallen auflöst! Du hast es wirklich nicht besser verdient."

Mit sich redend bewegte er sich Meter um Meter weiter durch die Dunkelheit. Er sah, wie die Steine schimmerten und das sagte ihm, daß sie sehr feucht waren. Auch der Boden machte einen ziemlich glatten Eindruck: Er mußte seine Schritte sehr vorsichtig setzen und war zufrieden, daß er wenigstens daran gedacht hatte, seine Wanderschuhe anzuziehen.

„Wieso schimmern die Steine eigentlich?" fragte er sich plötzlich. „Im Dunkeln schimmert nichts, oder?"

Er war zwar nicht gerade der Beste in Physik gewesen, aber daß es im Dunkeln dunkel war, das wußte selbst er. Er blieb stehen und spähte in die

Dunkelheit um ihn herum: Es war nicht mehr so dunkel, wie es noch am Anfang gewesen war. Eine Art Licht schien von irgendwo vor ihm bis hierhin zu dringen. Es war kein sehr helles Licht, aber es war mehr als Dunkelheit. Er beschloß, sich in die Richtung weiter zu bewegen.

Das Licht wurde immer heller. Das zeigte ihm, daß er die richtige Entscheidung getroffen hatte. Schließlich machte der Gang einen kleinen Bogen und dahinter mündete er in einer Art Halle. Er blieb stehen und ließ das Bild, das sich ihm bot, auf sich wirken. Er glaubte, seinen Augen nicht zu trauen: Es war keine sehr große Halle, die vor ihm lag. Die Halle war leer. Ihm gegenüber und rechts und links von ihm sah er jeweils einen weiteren Gang in sie münden. Alle Gänge hatten die gleiche Größe. An den Wänden zwischen den Gängen befanden sich jeweils Fackeln, von denen das schwache Licht ausging.

„Fackeln!" sagte er und schaute ungläubig zu den Dingern an den Wänden. Er schloß die Augen und öffnete sie wieder: Die Fackeln waren noch immer da.

„Wieso Fackeln? Wir sind nicht im Mittelalter. Und: Wir sind hier im Nirgendwo! Das ist eine Ruine, die seit zig Jahren leersteht! Wie lange brennen Fackeln? Doch nicht Jahrzehntelang, oder? Wer kümmert sich um die Fackeln? Wozu gibt es hier überhaupt Fackeln?"

Er hatte diesen Gedanken kaum laut zu Ende gedacht, als überall an seinem Körper die

Schweißdrüsen zu arbeiten begannen: Es gab hier Fackeln, brennende Fackeln. Also gab es auch jemanden, der sich um die Fackeln kümmerte. Und, wenn es jemanden gab, der sich hier um die Fackeln kümmerte, dann war es bestimmt jemand, der nicht entdeckt werden wollte. Im Gegenteil: Es mußte jemand sein, dem es sehr wichtig war, im Verborgenen zu leben. Oder dem es sehr wichtig war, daß das im Verborgenen blieb, was er hier trieb. Er ging zwei Schritte zurück und preßte sich an die Wand des Ganges, aus dem er gekommen war.

„Waffenhändler! Terroristen! Ich bin in das Hauptquartier von internationalen Verbrechern geraten! Was hat man nicht alles von der Drogenmafia gehört und ihren geheimen Verstecken! Und jetzt bin ich mittendrin!"

Er konnte seinen Gedanken nicht zu Ende denken, da er durch eine Art Geräusch aufgeschreckt wurde. Es schien sich langsam von hinten zu nähern. Panik machte sich in ihm breit. Das Geräusch kam näher, es kam schnell näher. Die Halle vor ihm bot keinerlei Deckung. Intuitiv sprang er aus seinem Versteck, durchquerte die Halle und verschwand in einem der anderen Gänge. Es war keinen Moment zu früh. Kaum hatte er sich erneut gegen die Wand gepreßt, sah er einen Lichtschein, der aus seinem alten Gang drang und schnell heller wurde. Kurz darauf tauchte eine Fackel in der Tunnelöffnung auf, dann noch eine und mit ihnen zwei Kerle, die ihn eher an Urzeitmenschen, denn an Waffenhändler erinnerten. Die Hand mit der Fackel hatte der erste nach vorne gestreckt, in der anderen hielt er den einen Griff einer großen Kiste, die aus Metall zu sein schien. Den anderen Griff hielt der zweite der Männer. Die Kiste schien etwas Schweres zu enthalten. Jedenfalls schnauften die beiden unaufhörlich. Jetzt waren sie in der Mitte der Halle angekommen.

„Ganz dicht an die Wand, ganz dicht und keinen Laut!"

Der Schweiß floß in Strömen an seinem Körper herunter. Er war sich sicher, daß man das Fließen überall im Umkreis hören konnte.

Die beiden stellten die Kiste ab. Er wagte es nicht mehr, sie weiter zu beobachten. Er schloß die Augen und hoffte. Er hoffte, daß sie einen der anderen Gänge wählten und ihn nicht entdeckten. Die beiden schienen sich zu unterhalten. Er konnte sie nicht verstehen. Ob das daran lag, daß sie eine fremde Sprache sprachen oder daran, daß er einfach die Hosen vor Angst voll hatte, wußte er nicht. Es war ihm auch völlig gleichgültig. Das Einzige, was für ihn zählte war, sich nicht zu bewegen und keinen Laut von sich zu geben.

Die Zeit schien überhaupt nicht zu vergehen. Doch dann hörte er etwas wie ein Kommando und es schien, als ob die Männer die Kiste wieder aufgenommen hätten. Seine Vermutung erwies sich als richtig: Die Geräusche entfernten sich langsam wieder. Er überlegte, was er tun sollte. Zunächst blieb er so lange an die Wand gepreßt stehen, bis die Geräusche der beiden kaum noch zu hören waren. Dann löste er sich ganz langsam von der Wand und spähte in die Halle: Sie war leer. Die beiden waren wirklich verschwunden. Sie hatten einen anderen Gang gewählt. Er war davongekommen. Für dieses Mal. Aber er sagte sich, daß die Wahrscheinlichkeit, daß es noch mehr von diesen Typen hier unten gab, relativ groß war. Nicht umsonst gab es die Fackeln und die Gänge. Ob er bei der nächsten Begegnung wieder so viel Glück hatte, war wenig wahrscheinlich. Ganz zu schweigen davon, ob er noch eine Begegnung nervlich würde durchstehen können. Er mußte etwas tun. Das Einfachste wäre natürlich gewesen, den Gang, den er gekommen war, wieder zurück zu gehen. Das erschien ihm aber nicht klug, da er fürchtete, daß weitere Kisten durch den Gang transportiert werden könnten. Den Gang, in dem die beiden verschwunden waren, wollte er meiden. Wer wußte, was und vor allem wer ihn dort erwartete. In jedem schlechteren Film hätte er natürlich genau das getan. Soweit ging seine Abenteuerlust aber nicht. An Abenteuern hatte er für sein Empfinden in den letzten Stunden schon mehr als reichlich erlebt. Das reichte für sein ganzes noch vor ihm liegendes Leben. Und dieses Leben wollte er retten. Das war das, was jetzt für ihn zählte. Das und nichts sonst.

Zwei Gänge kamen nicht in Betracht. Blieben noch zwei übrig.

„Also, der oder der?" sagte er zu sich.

Er wählte den, in dem er sich versteckt hatte. Dieser Gang hatte ihm einmal Glück gebracht, warum nicht ein zweites Mal!

„Na, denn, vorsichtig weiter. Vorsichtig und schnell!"

Vorsichtig war seine Bewegung. Von schnell konnte man aber nicht sprechen. Es glich eher dem Tempo einer Schnecke mit dem er sich den Gang entlang bewegte. Zunächst verlief der Gang in einer Rechtskurve um dann relativ gerade weiter zu gehen und sich in der Dunkelheit zu verlieren. Je weiter er sich von der Halle entfernte, je schwacher wurde der ohnehin nicht starke Lichtschein. Auch schien die Decke des Ganges immer niedriger zu werden. Einen Moment überlegte er, zurück zu gehen und doch den anderen Gang zu versuchen. Er verwarf diesen Gedanken jedoch sofort wieder und blieb bei der einmal getroffenen Entscheidung. Zumindest war es still. In diesem Gang schien sich niemand außer ihm zu befinden.

Die Decke war inzwischen so flach, daß sein Rücken von der starken Beugung schmerzte. Er wollte sich gerade für einen Moment setzen, als er in weiter Ferne eine Art Klingen hörte. Zunächst glaubte er, sich getäuscht zu haben. Er verharrte und lauschte in die Stille hinein: Nein, er hatte sich nicht getäuscht! Es war eine Art Klingen. Ein Klingen in weiter, weiter Ferne!

Er folgte dem Geräusch. Er war noch vorsichtiger als zuvor. Ganz langsam und leise setzte er einen Fuß vor den anderen. Immer weiter und weiter folgte er dem Gang. Langsam konnte er seinen Oberkörper wieder aufrichten: Der Gang wurde wieder höher! Es war genauso wie bei dem ersten Gang: Mit der Höhe des Ganges wurde es auch heller. Wieder drang ein ganz schwaches Licht in den Gang und er begann, die Wände wahrzunehmen. Es waren noch immer die groben Feldsteine.

Nachdem er ein weiteres Stück gegangen war, machte der Gang eine Biegung und erneut lag eine kleine Halle vor ihm. Auch diese Halle war von Fackeln in ein dunkles Licht getaucht. Im Gegensatz zu der ersten Halle gab es diesmal aber keine vier Gänge: nur auf der gegenüberliegenden Seite konnte man eine Öffnung in der Wand erkennen. Die Halle selbst war etwas kleiner und flacher als die erste. Auch sie war leer. Ohne lange zu überlegen ging er auf das gegenüberliegende Loch zu. Noch immer vernahm er dieses seltsame Klingen.

Kaum war er in dem Loch verschwunden, wurde es wieder dunkler.

„Das kenne ich schon!" sagte er und setzte seinen Weg fort.

Der neue Gang war wesentlich schmaler als die anderen. Dafür konnte er aufrecht gehen ohne Angst haben zu müssen, sich bei jedem Schritt den Kopf zu stoßen. Auch die Dunkelheit hielt nicht lange an. Er war nur eine kurze Strecke gegangen, als es wieder heller wurde. Das Klingen wurde lauter und der Gang breiter.

Der Gang mündete auf eine Wand, vor der er sich teilte um dann nach rechts und links an ihr entlang zu führen. Die Verursacher der Geräusche schienen sich hinter der Wand zu befinden. Der Gang, der nach links führte war beleuchtet. Der rechte lag im Dunkeln. Obwohl die helle Alternative einladender erschien, wählte er die dunkle Seite. Es erschien ihm sicherer, diesen Weg zu gehen. Wieder tastete er sich langsam vorwärts, als seine Füße gegen etwas stießen:

„Stufen!" sagte er, „hier sind Stufen!"

Ganz vorsichtig begann er, eine Stufe nach der anderen empor zu steigen.

„Endlich! Es geht nach oben! Ich komme hier wieder raus! Und dann: Nichts wie weg von hier! Na, die anderen werden staunen, wenn ich ihnen das erzähle. Das heißt, die werden mir sowieso nicht glauben!"

Seine Bewegungen beschleunigten sich, er wirkte erleichtert und die Aussicht, diesem Verlies zu entkommen, tat ein Übriges.

Es waren vielleicht zwanzig Stufen oder mehr, die er, eine nach der anderen, nach oben gestiegen war, als die Treppe endete. Er stand auf einer Art Podest vor einem kleinen, etwa 50 mal 50 cm großen Loch in der Wand. Er bückte sich und schaute hinein. Zu seiner Überraschung konnte er erkennen, was sich dahinter befand: Es war ein langer, schmaler und nicht sehr hoher Gang. An der linken Seite der Wand befanden sich dicht über dem Boden in unregelmäßigen Abständen kleine Öffnungen in der Mauer. Durch sie drang ein schwacher Lichtschein. Er entschloß sich, sich durch das Loch zu zwängen.

Der Boden war feucht, uneben und hart. Seine Knie schmerzten und er bereute es nicht zum ersten Mal, daß er es versäumt hatte, seine lange Baumwollhose anzuziehen. Langsam kroch er vorwärts. Nach etwa drei Metern erreichte er das erste Loch in der Mauer. Es war etwa faustgroß. Er versuchte, hindurchzuschauen. Das Loch war eine Art Rinne, die schräg nach oben verlief. Sie schien vom Boden eines Raumes abzugehen, in dem es hell war. Mehr ließ sich jedoch nicht erkennen. Er fragte sich, wozu dieses Loch diente. Eine vernünftige Antwort darauf wußte er aber nicht zu geben. Mit einem Ruck zog er seinen Kopf zurück und ein:

„Na, das war wohl nichts!" kam über seine Lippen.

Er versuchte, sich in dem engen Gang zu drehen, was ihm nicht gelang. Also trat er rückwärts den Rückzug an. Schließlich erreichte er das Loch in der Wand und tastete sich die Stufen hinunter. Als er die Kreuzung erreicht hatte, beschloß er, seinen Weg nun doch in die andere Richtung fortzusetzen.

„Was bleibt mir anderes übrig?" sagte er schulterzuckend.

Die Beschaffenheit der Wände und des Bodens war in keiner Weise unterschiedlich von der der anderen Gänge, die er bisher erkundet hatte. Abgesehen einmal von dem Loch, aus dem er eben zurückgekehrt war. Die Fackeln gaben ein genügend helles Licht, um zügig vorangehen zu können.

Nach etwa zwanzig Metern sah er auf der linken Seite eine Anzahl von Öffnungen in der Wand. Sie waren in regelmäßigen Abständen angeordnet. Eine Tür oder etwas in der Art gab es nicht. Das Innere war auch nicht beleuchtet. Er tastete sich in das erste Loch hinein und versuchte, etwas zu erkennen: Es schien eine Art Abstellraum zu sein für nicht benötigte Möbel oder Geräte. Er sah die Umrisse von Stühlen, Holzbrettern und einer Art Regal auf dem sich verstaubte Flakons befanden. Das nächste Loch enthielt ähnliche Dinge.

Er gab es auf, sich den Inhalt jeder Nische anzusehen. Viel interessanter erschien ihm das, was hinter der Wand auf der rechten Seite des Ganges zu liegen schien. Auf der Seite, von der das Klingen ausgegangen war. Eine Zeitlang hatte er das Geräusch nicht mehr gehört, jetzt war es wieder da. Und es war lauter als vorher. Er mußte nahe an seinem Ursprung sein. Er näherte sich einer großen, eisernen Tür. Es schien die einzige Öffnung in der rechten Wandseite zu sein. Vorsichtig legte er sein Ohr an die Tür: Das Klingen kam definitiv aus dem Raum hinter dieser Tür. Aber er hörte noch etwas anderes: Er hörte menschliche Stimmen, mehrere menschliche Stimmen. Sie schienen über etwas zu diskutieren. Sie wurden lauter, dann wieder leiser. Was sie sagten konnte er nicht verstehen. Außerdem meinte er, eine Art Wimmern zu hören, aber da war er sich nicht sicher. Jetzt schienen sich die Stimmen der Tür zu nähern. Sie wurden lauter und er konnte einzelne Worte verstehen:

„Wir…nicht…zu…" sagte die eine und die andere:

„…doch…müssen…"

Das war alles. Die Klinke bewegte sich. Sein Herz stand für einen Augenblick still. Ohne nachzudenken war er mit einem Satz in der Nische gegenüber verschwunden. Irgendetwas polterte, aber das war ihm egal. Hauptsache, er war in Sicherheit für den Augenblick.

Die Tür wurde langsam geöffnet und es erschienen zwei Männer, die eine Art Kittel trugen. Um den Hals hatten sie einen Mundschutz hängen und die Hände befanden sich in Gummihandschuhen. Sie sahen aus wie Chirurgen. Er fragte sich, was diese Männer hier unten zu tun hatten: Ob sie eine Drogenküche betrieben oder etwas in der Art?

Sie unterhielten sich weiter. Er versuchte, möglichst viel zu verstehen und gleichzeitig, einen Blick in das Innere des Raumes zu erhaschen:

„Wenn Sie meinen, daß das der einzige Weg ist!" sagte der eine und der andere antwortete ihm:

„Glauben Sie mir, es gibt keine andere Möglichkeit in diesem Fall."

„Dann veranlassen Sie das Nötige, aber schnell!"

Die beiden Männer waren vor der Tür stehen geblieben. Im fahlen Licht war es schwer, ihre Gesichter zu erkennen. Der Erste schien etwas älter zu sein und trug eine Art Vollbart. Der andere war jünger und hatte sehr wenige Haare auf seinem Kopf. Das war schon alles, was er erkennen konnte. Von dem Innern des Raumes konnte er so gut wie nichts sehen: Nur eine Art Bett mit einer Apparatur daneben. Wie in einem Krankenhaus.

„Ich werde Bescheid geben, daß sie abgeholt werden!" sagte der ältere der beiden.

„Das nächste Mal seien Sie sorgfältiger. Noch so eine Panne können wir uns nicht leisten!"

„Ja, ich werde es weitergeben. Der Verantwortliche wird die Konsequenzen zu tragen haben."

„Das ist das Mindeste. Und: Sorgen Sie für Nachschub! Wir haben schon zwei Tage verloren!"

„Es ist schon alles veranlaßt."

„Gut, ich verlasse mich auf Sie! Wir sehen uns dann."

Der jüngere hob seine rechte Hand zum Abschied leicht in die Höhe und ging nach rechts. Der ältere Mann schloß die Tür und verschwand in die andere Richtung.

„Was soll ich tun?" fragte er sich. Er beschloß für den Augenblick in seinem Versteck zu verharren und abzuwarten. Die Worte der beiden hatten für ihn nicht viel Sinn gemacht. Soviel glaubte er jedoch verstanden zu haben, daß in absehbarer Zeit irgendetwas aus dem gegenüberliegenden Raum abgeholt werden sollte. Also erschien es ihm am Sinnvollsten, eine gewisse Zeit zu warten. Er schloß die Augen und versuchte, seine Atmung und seinen Herzschlag wieder zu normalisieren.

Dann sah er sich in seinem Versteck um. Er entdeckte eine Art Tuch, das über etwas gebreitet war. Es gelang ihm, das Stück Stoff zu sich heranzuziehen. Es hatte einen alten Holztisch verdeckt. Er saß jetzt am Boden der Nische, den Blick auf die Tür gerichtet und hatte sich das Tuch vor den Körper gelegt. So durfte er vom Gang aus kaum zu entdecken sein.

Er wußte nicht, wie viele Minuten vergangen waren, als er wieder Stimmen hörte. Diesmal waren es laute, unangenehme Stimmen. Kurz danach tauchten aus der Richtung, in die der ältere der beiden Männer verschwunden war, zwei kräftige junge Männer auf, die wie Pfleger in Krankenhäusern oder Altersheimen gekleidet waren. Sie sprachen über das vergangene Wochenende und über Lola, Uschi und ähnliche Damen. Dabei lachten sie immer wieder. Ein unheimliches Lachen, daß durch den Hall in den Gängen noch schauerlicher klang. Sie verschwanden in dem Raum. Kurze Zeit später tauchte der eine wieder auf: Er schob eine Art Trage auf Rollen vor sich her. Auf ihr schien unter einem Laken jemand zu liegen. Bei dem Licht und aus seinem Blickwinkel konnte er nicht mehr erkennen. Der zweite folgte mit einer ebensolchen Trage wie der erste. Auch auf dieser schien jemand zu liegen. Die beiden verschwanden wieder in die Richtung aus der sie gekommen waren. Die Tür zu dem Raum hatten sie offen gelassen.

„Haben sie vergessen, die Tür zu schließen oder kommen sie gleich noch einmal zurück?"

Er überlegte. Die Versuchung war groß, einen kurzen Blick hinein zu tun. Er hatte eine Todesangst, aber die Neugier nagte an ihm und schließlich war sie größer als jedes andere Gefühl. In jedem Film hätte er den Helden für diese unlogische Handlung als „bescheuert" abgestempelt. Jetzt war er selber dieser Held, der sich aus seinem sicheren Versteck herauswagte um einem urmenschlichen Trieb zu folgen.

Wie ein Schatten huschte er über den Gang und verschwand in dem Raum. Es war ein ziemlich großer, runder Raum. Die Wände glichen denen des Ganges. Sie waren weder gestrichen noch verputzt. Der einzige Unterschied war, daß von den Decken elektrische Lampen hingen. Dementsprechend hell war es im Innern des Raumes. Seine Augen mußten sich erst an diese Flut von Licht gewöhnen. Auf der einen Seite, sofern man das von einem runden Raum sagen kann, standen Vitrinen in denen sich Gläser, Flakons und andere medizinische Sachen befanden. In der Mitte des Raumes befand sich das Bett, das er schon von seinem Versteck aus gesehen hatte. Die Apparatur glich denen, die er aus Krankenhausserien kannte: Er befand sich in einem Operationssaal.

Er fragte sich, was für eine Art Operation hier unten an wem durchgeführt wurde. Die Antwort fand er einen Augenblick später an der Wand hinter dem Operationstisch: Dort hingen diverse

Fotos und Zeichnungen. Man sah Herzen, Nieren, Abbildungen der Leber. Auf einem kleinen Tisch lagen Röntgenaufnahmen. Er wich ein paar Schritte zurück. Ein Gedanke schnürte seine Kehle zu. Er wagte es nicht, ihn zu Ende zu denken. Ein:

„Nein! Das kann nicht sein!" kam über seine Lippen noch ehe er es verhindern konnte.

Er preßte sich die Hände auf den Mund in der Hoffnung, daß ihn niemand gehört hatte. Seine Ohren waren gespitzt und er achtete auf jedes Geräusch, das sich seinem Aufenthaltsort näherte. Nichts war zu hören. Ganz langsam entkrampfte er sich und ließ die Hände und Arme sinken. Tränen flossen über seine Wangen. Das, was er gesehen hatte, war unglaublich.

„Organentnahme!" sagte er, fast tonlos, „die entnehmen Organe!"

Er dachte an seine Frau und seine Freunde. Mit einem Mal schien alles klar zu sein: Das hier war eine illegale Klinik, wo gewissenlose Ärzte irgendwelchen ahnungslosen Opfern Organe entnahmen, die sie auf Bestellung an gut zahlende Kunden lieferten. Wie oft hatte er Berichte darüber gesehen und in jeder zweiten Serie gab es mindestens eine Folge, in der es darum ging. Aber er hatte nie angenommen, daß es das wirklich gab. Ja, im Film vielleicht. Die Berichte, die hatte er immer für übertrieben gehalten. Jetzt war er mittendrin. Er stand in einem Operationssaal, wo diese Fiktion zur Realität geworden war für ihn. Dessen war er sich sicher. Er versuchte, einen klaren Gedanken zu fassen. So schwer ihm das fiel, es war nötig, um lebendig wieder aus dieser Situation herauszukommen.

Sein Blick wanderte noch einmal durch den Raum. Erst jetzt sah er die Betten, die sich an der Wand gegenüber den Vitrinen befanden. Es waren fünf.

„Fünf!" sagte er.

Vor seinem geistigen Auge tauchten die Bilder seiner Frau und seiner Freunde auf. Langsam ging er auf die Betten zu. Es war wie bei den beiden, die die Pfleger aus dem Raum gebracht hatten: Unter einem Laken schien jeweils ein Körper zu liegen. Er ging auf das erste Bett zu und nahm seinen ganzen Mut zusammen, um das Laken anzuheben.

Er wendete den Blick ab und ihm wurde übel. Noch ehe er etwas dagegen tun konnte, mußte er sich übergeben: Unter dem Laken lag ein männlicher Körper, der unterhalb des Kopfes in der Mitte aufgeschnitten war und den man wie eine Weihnachtsgans ausgenommen hatte. Der Brustkorb war leer. Er hatte das alles schon in seinen TV-Serien gesehen, aber das hier war etwas anderes. Das Einzige, was ihm Auftrieb gab, war, daß es keiner seiner Freunde war. Er versuchte, seine Beherrschung zurück zu gewinnen, was ihm schließlich auch gelang. Es warteten noch vier Körper auf ihn. Beim zweiten Bett bot sich ihm der gleiche Anblick wie beim ersten. Nur handelte es sich diesmal um einen weiblichen Körper. Es war nicht der Körper seiner Frau und auch nicht der Körper einer der Frauen seiner Freunde. Als er das dritte Laken anheben wollte, hörte er wieder die Stimmen der Pfleger. Sie kamen schnell näher. Er verschwand hinter den Apparaturen des Operationstisches.

Einen Augenblick später betraten die beiden den Raum. Sie gingen zielstrebig auf die Betten zu. Jeder der beiden nahm eines von denen, die er noch nicht untersucht hatte und schob es aus dem Raum hinaus auf den Gang. Lachend entfernten sie sich wieder.

Er kam aus seinem Versteck hervor. Sein Herz schlug rasend. Er nahm allen Mut zusammen und hob das Laken des letzten Bettes empor:

„Michael!" preßte er hervor.

Es war einer seiner Freunde. Der Körper lag reglos auf dem Rollwagen. Der Brustkorb war zwar noch geschlossen und auch sonst konnte er keine größere Verletzung am Körper seines Freundes erkennen, aber er machte sich keinerlei Illusionen darüber, was mit ihm geschehen sollte. Er wußte nicht einmal, ob Michael überhaupt noch am Leben war. Die Tränen liefen ihm über das Gesicht. Es gab kein Halten mehr. Er ließ das Laken wieder fallen und entfernte sich schluchzend von dem Körper seines Freundes.

Er preßte sein Gesicht gegen die Wand und schlug immer wieder mit den Fäusten gegen sie.

„Warum?" rief er, „warum nur, warum!"

Er dachte an seine Frau, seine geliebte Rosi. Was mochte aus ihr geworden sein! Hatte man sie genauso aufgeschnitten und ausgeschlachtet wie die anderen? Er vergaß vollkommen, wo er sich befand; er hatte jegliche Beherrschung verloren. Taumelnd gelangte er auf die andere Seite des Raumes und schlug dort mit seinen blanken Fäusten gegen die Scheiben der Vitrinen. Das Glas splitterte unter der Gewalt seiner wütenden Schläge. Er schrie dabei immer wieder:

„Warum? Oh Gott, warum!"

Alles um ihn herum hatte er völlig ausgeblendet. Es gab nur noch ihn, seinen Schmerz und seine Wut.

Dann ging alles ganz schnell: Er hörte noch ein Geräusch hinter sich, spürte, wie jemand seinen Körper ruckartig nach hinten zog und, bevor er sich umdrehen konnte, verlor er erneut die Besinnung.

„Anton! Aaanton!"

Er glaubte, die Stimme seiner Frau zu hören, die seinen Namen rief. Er spürte, wie noch immer jemand an seinem Körper zerrte.

„Nein! Nicht! Bitte! Bitte nicht!" preßte er hervor und versuchte, sich dem Griff der anderen Person zu entziehen.

„Anton! Was ist los mit dir? Spinnst du! Dir ist die Nacht wohl nicht bekommen!"

Es war die Stimme seiner Frau, die er hörte, da bestand keinerlei Zweifel:

„Rosi?" fragte er ungläubig, „Rosi, bist du das?" Er wagte nicht, die Augen zu öffnen.

„Natürlich bin ich das. Wer soll es denn sonst sein? Was ist los mit dir, Anton?"

Der Griff lockerte sich, um sich dann vollständig zu lösen.

Er öffnete die Augen und die Helligkeit eines jungen Tages flutete ihm entgegen. Er saß auf einem Liegestuhl unweit des Ufers an ihrem Lager. Vor ihm stand seine Frau. Sie hatte die Arme vor der Brust verschränkt und machte einen nicht sehr erfreuten Gesichtsausdruck:

„Was ist mit dir?" fauchte sie ihn an, „Hast du auf einmal völlig den Verstand verloren?"

„Nein, aber…"

„Aber, was? Du hast nicht den Verstand verloren, du bist nur nicht ganz richtig im Kopf! Ist es das etwa?"

„Nein, Rosi, es ist alles in Ordnung!"

„Das kannst du aber sehr gut verbergen. Wer weiß, was du hier alleine getrieben hast. Man darf dich doch keinen Moment alleine lassen!"

„Rosi, ich, ich…" er machte eine Pause, „ich bin ja so glücklich, dich zu sehen!"

„Den Eindruck hatte ich eben nicht gerade!" sagte sie mit einem leicht schmollenden Unterton in ihrer Stimme.

Diesem Unterton, den er so mochte. Von dem sie wußte, daß er ihm nicht widerstehen konnte. Er erhob sich langsam, ging auf sie zu und nahm sie in die Arme. Ihre Abwehrversuche waren nicht wirklich ernst gemeint. Sie zappelte einen Moment und ließ sich dann ohne Gegenwehr von ihm an sich drücken.

„Ach, Rosi, wenn du wüßtest, was ich heute Nacht alles…"

Er schwieg. Für den Augenblick jedenfalls. Im Moment hielt er es nicht für den richtigen Zeitpunkt, um ihr von seinen nächtlichen Abenteuern zu berichten. Abenteuern, die sich augenscheinlich nur in seinem Kopf zugetragen hatten. Die Sonne machte sich auf ihren Weg über den Horizont, es schien ein ebenso herrlicher Spätsommertag zu werden, wie es der gestrige gewesen war. Seine Frau lag in seinen Armen und hinter sich hörte er die Stimmen seiner Freunde, die sich am Lagerplatz zum Frühstück versammelt hatten. Sie scherzten und schienen bester Dinge zu sein. Sie machten nicht den Eindruck, als wenn sie in der Nacht etwas Unangenehmes erlebt hätten.

Er beschloß, die ganze Sache mit ein paar klärenden Fragen abzuschließen:

„Wann seid ihr denn gestern zurück gekommen?"

„Ach, das war ziemlich spät. Du hast hier gesessen und ganz friedlich geschlafen. Wir wollten dich nicht stören. Außerdem waren wir müde. Ich habe dir eine Decke übergelegt und bin dann ins Zelt."

„Ach ja, wirklich?" sagte Anton.

„Was soll das denn nun wieder: Ach ja, wirklich! Fängst du schon wieder an. Willst du behaupten, daß ich dir hier irgendwelche Geschichten erzähle?" ihre Stimme bekam erneut einen drohenden Unterton.

„Nein, nein, natürlich nicht. Das war nett von dir, das mit der Decke!"

Er dachte, daß es vielleicht besser wäre, gar nichts von seinen wirren Träumen preiszugeben. Sie würden sich nur lustig über ihn machen. Er beschloß, zu schweigen, keine weiteren Fragen mehr zu stellen und den kommenden Tag richtig zu genießen. Sein Blick fiel auf das linke Handgelenk seiner Frau, das Handgelenk, an dem sie ihr silbernes Kettchen trug. Es war weg! Durch Antons Körper ging ein Zucken: Nein, das war ein dummer Zufall, mehr nicht. Nur ein dummer Zufall.

Noch ehe er wußte, was er tat, hatten die Worte seinen Mund verlassen:

„Wo ist denn dein Kettchen?" sagte er mit einem möglichst unschuldig klingenden Tonfall und hätte sich gleichzeitig dafür auf die Zunge beißen können. Er hatte keine Fragen mehr stellen wollen. Er hatte die ganze Sache auf sich beruhen lassen und aus seinem Kopf verbannen wollen.

„Ach, das ist mir gestern da drüben", sie zeigte auf das andere Ufer, wo sich die Überreste des Schlosses erhoben, „abgerissen und ich habe es nicht mehr gefunden! Schade, nicht?"

„Ja, schade", sagte Anton und seine rechte Hand glitt unwillkürlich in die rechte Tasche seiner Hose. Er erstarrte: Was er dort zwischen seinen Fingern spürte, war die silberne Kette seiner Frau.

Es war sehr dunkel. Eigentlich konnte man nichts sehen außer Schwärze. Er schien zu liegen und sein Körper schmerzte. Alles an seinem Körper schien zu schmerzen. Er versuchte, die

Finger zu bewegen. Es gelang ihm nur unter allergrößter Anstrengung. Aber er war nicht in der Lage, seine Arme vom Körper zu entfernen. Die Schmerzen wurden stärker. Die Dunkelheit blieb dunkel. Er wußte nicht, ob er die Augen geöffnet oder geschlossen hatte. Alles um ihn herum war schwarz. Einfach schwarz.

Dichte Nebelschwaden waberten über dem Land. Sie lagen wie schwere Seidentücher über den Wiesen. Es war feucht, sehr feucht. Man konnte kaum einige Meter weit sehen, obwohl es schon Tag sein mußte. Der Nebel war so dicht, daß man ihn am Körper spürte. Die Kleidung war nicht nur feucht, sie war naß.

„Hallo!" rief er immer wieder, „Hallo, ist da jemand?"

So sehr er sich jedoch anstrengte, auf seinen Ruf folgte nur Stille. Ihm war unwohl in seiner Haut. Er fragte sich, wie er an diesen unheimlichen Ort gelangt war. Es gab hier nichts, was von Interesse wäre: Er lief schon seit Stunden durch kniehohes Gras und immer wieder gab es Stellen, an denen der Boden nachgab.

„Hallo!" rief er wieder.

Er fuhr herum: Hatte sich da nicht etwas bewegt? Er meinte, ein Geräusch gehört zu haben.

Es war nichts zu sehen, nichts außer hohen, langen Ziegelsteinmauern, die sich zu beiden Seiten eines schmalen Ganges entlang zogen. Sie waren so hoch, daß er unmöglich über sie hinweg sehen konnte. Obwohl die Mauern in einem nicht sehr guten Zustand waren, sah er dennoch keine Möglichkeit, an ihnen empor zu klettern um einen Blick auf die andere Seite zu werfen. Wie lang diese Mauern waren konnte er nicht erkennen, da der dichte Nebel es ihm versagte, weiter als einige Meter zu schauen.

Langsam stolperte er weiter. Er versuchte, sich in der Mitte des etwa ein Meter breiten Weges zu halten. Der Boden war betoniert und rissig. Immer wieder lagen Steine herum, die irgendwann einmal Bestandteil der Mauern gewesen sein mußten.

„Hallo?" hörte er seine Stimme rufen, „hört mich denn niemand? Es muß doch irgendwer hier sein! Hallo?"

Nichts. So oft er auch rufen mochte. Er bekam keine Antwort.

Die Mauern schienen auf ihn zuzukommen und der Weg wurde immer schmaler und enger. Er versuchte, zu rennen, es gelang ihm nicht. Seine Schritte waren schwer und je schneller er zu laufen versuchte, umso langsamer kam er voran. Seine Kehle schnürte sich zu, er bekam kaum noch Luft. Schweiß stand auf seiner Stirn. Er versuchte, sich an den Wänden abzustützen, aber es gelang ihm nicht. So nah sie ihm auch schienen, er konnte sie nicht erreichen.

Das Gras wurde immer höher und höher. Der Boden war nicht mehr weich, sondern hart wie Stein. Die Nebelschwaden wurden noch dichter. Er sah kaum noch die Hand vor Augen. Ebenso hätte er mit geschlossenen Augen weitergehen können.

„Hallo?" versuchte er es ein weiteres Mal.

Es war nichts zu hören, nichts außer seinem keuchenden Atem.

Die Nebelschwaden schienen nach ihm zu greifen, sie schienen sich um seinen Körper, um seine Kehle zu legen. Es war, als wollten sie ihn erdrücken. Er griff sich an den Hals und versuchte verzweifelt, Luft in seine Lungen zu pumpen.

Die Nebel waren verschwunden und er sah eine Art Licht in der Dunkelheit. Seine Augen arbeiteten daran, Bilder an sein Gehirn zu übermitteln: Die Sonne stand direkt vor ihm am Horizont. Sie schickte ihre Strahlen zu ihm und auf das Wasser unter ihr. Der Strand war noch immer gut gefüllt. Es war ein schöner Sommertag und es war Urlaubszeit. Er war mit seiner Frau und ihrer gemeinsamen Tochter hier. Die beiden vergnügten sich im Wasser. Er zog es vor, im Liegestuhl zu entspannen.

Von allen Seiten drangen Stimmen an seine Ohren. Es war ein wirres Durcheinander und es war unmöglich, irgendetwas von dem zu verstehen, was die Stimmen sagten. Lediglich einzelne Worte erhoben sich immer wieder aus dem Wust der Laute. Die Stimmen störten ihn nicht. Er fand es angenehm, hier zu liegen. Das Stimmengewirr erinnerte ihn an seine Kindheit, als er mit seinen Eltern am Meer Urlaub gemacht hatte. Es war eine schöne Zeit für ihn, wenn er am Strand Sandburgen baute, während seine Eltern auf dem Watt unterwegs waren. Sie brachten dann immer eine Tüte mit Muscheln für ihn mit. Die Muscheln dienten ihm zur Dekoration seiner Sandwälle. Es waren Momente, in denen er glücklich war. Er fand es merkwürdig, daß er sich gerade jetzt daran erinnerte. Ehe er den Gedanken weiter verfolgen konnte, wurde er durch laute Rufe aufgeschreckt. Er richtete sich auf und versuchte, die Ursache für den Lärm ausfindig zu machen.

„Da vorne, da!" hörte er eine Stimme rufen, die einer älteren Dame gehörte, die ein paar Meter weiter neben ihrer Liege stand.

Er sah ihren ausgestreckten Arm, der in Richtung Wasser zeigte. Einige der Sonnenhungrigen um ihn herum liefen dorthin. Er folgte ihnen mit den Augen. Sie liefen bis zu einer Stelle, wo sich schon ein kleiner Pulk gebildet hatte.

Zunächst dachte er sich nichts dabei und beschloß, die Sache von seinem Platz aus in aller Ruhe zu verfolgen. Als aber immer mehr Menschen sich am Wasser versammelten, konnte er seine Neugier nicht länger unterdrücken. Langsam erhob er sich aus dem Liegestuhl und ebenso gemächlich und scheinbar wenig interessiert, schlenderte er auf die Ansammlung der Strandmenschen zu.

Als er sie erreicht hatte, versuchte er, einen Blick auf das zu erhaschen, was die Ursache des Auflaufes sein könnte. Noch bevor er die Situation gänzlich erfaßt hatte, hörte er die Stimme seiner Frau:

„Anton! Ach Anton!"

Er sah sie ein Stück vor sich: Sie stand da in ihrem roten Badeanzug, ihr Gesicht schien feucht zu sein und Tränen rannen über ihre Wangen.

„Endlich! Gut, daß du da bist!"

„Was ist los?" rief er und versuchte, sich zu ihr durchzukämpfen.

„Anton! Daß du da bist! Endlich!" wiederholte sie und stürzte auf ihn zu. Kaum hatte sie ihn erreicht, ließ sie sich in seine Arme fallen.

„Rosi! Was ist denn mit dir?"

„Es ist Lisa!" schluchzte sie, „sie bringen sie ins Krankenhaus!"

Dann preßte sie das Gesicht fest gegen seine Brust und außer ihrem Schluchzen war nichts mehr zu hören.

„**Z**wanzig Minuten!" dachte Anton, „Zwanzig Minuten", das würde sein Tun in mindestens den nächsten zwei Stunden bestimmen. „Zwanzig

Minuten!" sagte er vor sich hin.

Das Wartezimmer war modern eingerichtet. Die Eingangstür, die wie eine Brandschutztür wirkte, empfing einen: schwer und unnahbar und abweisend. Wenn man aus dem Treppenhaus kommend das erste Mal vor ihr steht kostet es einige Überwindung, sie zu öffnen und nicht einem ersten inneren Impuls folgend sofort den Rückzug anzutreten. Hat man sie aber geöffnet, blickt man in einen großen, hellen und freundlichen Raum. Gleich rechts ein Counter, wie es wohl heute heißt. Früher sagte man „Anmeldung" dazu. Dahinter zwei Damen, natürlich junge Damen, mit rotem Oberteil und ständig lächelnd. Anton fragte sich, ob es in Arztpraxen überhaupt noch Mitarbeiter jenseits der fünfundzwanzig gab. Weiterhin überlegte er, wo die Mitarbeiter wohl seien, die diese Altersgrenze überschritten hatten, was zwangsläufig irgendwann einmal geschehen mußte. Er hätte sie zu gerne gefragt, aber sie waren ja nicht mehr da!

Dieser Counter nun empfing einen und man teilte ihm seinen Namen mit und den Grund des Hierseins.

„Termin?" fragte die freundliche, monotone Stimme.

„Ja."

„Ach, da! Acht Uhr?"

Anton nickte. Dann fügte er ein erneutes

„Ja" hinzu, da die Stimme den Kopf weiterhin gesenkt hielt.

„Gut, nehmen Sie noch einen kurzen Moment

Platz!"

Anton wandte sich dem Teil des Raumes zu, der rechts und links an den Wänden weiß bestuhlt war. In der Mitte befand sich eine lederne Doppelbank mit Rückenlehne. So, wie man sie von alten Bahnhöfen kennt, nur eleganter. Die ganze Fläche am Ende der Stuhlreihen bildete eine Fensterfront. Durch sie hatte man einen wunderbaren Blick auf das Treiben in der Geschäftsstraße dahinter. Da die Praxis in der zweiten Etage lag, wirkten die Menschen ein bißchen so wie Ameisen. Noch waren nicht so viele von ihnen unterwegs. Es war noch früh am Tage. Wenn aber die Geschäfte erst geöffnet hatten, würde sich das sehr schnell ändern.

Anton hatte einen Platz direkt am Fenster gewählt. So würden ihm die vielen zwanzig Minuten nicht ganz so endlos vorkommen. Er fragte sich, warum er eigentlich hier war. Natürlich wußte er es: es ging um einen Test, einen Unverträglichkeitstest, auch unter dem Namen Allergietest bekannt. Aber, warum war das erst jetzt aufgefallen? Warum hatte er vorher nie Probleme irgendwelcher Art mit den Lebensmitteln gehabt, die er zu sich genommen hatte? Anton runzelte die Stirn: Hatte er diese Probleme wirklich nie gehabt oder, hatte er sie nur nicht haben wollen, nicht wahrnehmen wollen? Er versuchte, sich zu erinnern. Jetzt, wo er darüber nachdachte, fielen ihm auf Anhieb eine ganze Reihe von Situationen ein, die dem entsprachen, was ihm am gestrigen Abend widerfahren war. Er hatte die

Reaktion seines Magen- und Darmtraktes nur immer auf die Zubereitung des Essens oder auf seine Arbeitsbelastung geschoben. Die Symptome verschwanden ja auch meist genauso schnell, wie sie gekommen waren. Mit ihnen verschwanden auch seine Gedanken daran. Das Klingeln der Eieruhr riß ihn aus seinen Gedanken.

„Zwanzig Minuten!" sagte er und erhob sich.

„Zehn, dreizehn", murmelte er. Zwei Zahlen, die ersten beiden. Werte nannte man sie hier. Zwei Werte also. Daraus konnte man noch keine Schlüsse ziehen. Weitere würden folgen und dann würde er erfahren, warum es ihm so schlecht gegangen war. Das hoffte er jedenfalls.

Seine Zeit hatte er ganz anders verbringen wollen. Anstatt stundenlang in einem Wartezimmer zu sitzen und auf das Klingeln einer Eieruhr zu warten, sich dann in einen kleinen Raum zu begeben und in ein Röhrchen zu pusten, nachdem er fünfzehn Sekunden die Luft angehalten hatte, wäre er lieber auf den Spuren seiner Jugend durch die Straßen gewandert.

„Es wird ein wunderschöner Tag!" dachte er. Nach dem Pusten leuchteten nacheinander Striche auf einer Skala auf, die jeweils einem Zahlenwert entsprachen. Irgendwann blieb die Säule stehen und dann hatte er die Zahl zu notieren, die neben ihr angezeigt wurde. Keine sehr schwierige Aufgabe, fand er.

Seine Heimatstadt hatte sich in den letzten Jahrzehnten sehr verändert. Das merkte er auch hier. Ihm gegenüber saß eine Mutter mit ihrer Tochter. Das an sich war nicht ungewöhnlich. Viele Mütter hatten Töchter. Diese beiden unterhielten sich aber in einer ihm fremden Sprache. Auch das Pärchen, das inzwischen die Praxis wieder verlassen hatte, hatte untereinander nicht in deutsch, sondern in spanisch kommuniziert.

„Gesellschaft verändert sich", dachte Anton und er war der festen Überzeugung, daß ihm als Außenstehenden diese Veränderungen viel stärker auffielen als den Menschen, die tagtäglich mit ihnen konfrontiert waren.

„Rrrring!"

„Zwanzig Minuten!"

„Zehn", dachte Anton, „also: zehn, dreizehn, zehn."

Das Ticken des Weckers, die Stimmen der Arzthelferinnen und die Geräusche von der Straße ließen Anton schläfrig werden. Er mußte gähnen und es bereitete ihm eine gewisse Mühe, die Augen offen zu halten.

„Rrrring!"

Zwanzig Minuten!

Anton mußte eingenickt sein. Er öffnete die Augen und erinnerte sich daran, wo er sich befand.

„Alles in Ordnung?" fragte eine besorgte Mitpatientin.

„Ja, ja", sagte Anton, „ich bin nur kurz mal, sie verstehen. Entschuldigung, ich muß..."

Er deutete auf die Tür des kleinen Raumes und erhob sich langsam.

Der Zeiger der Eieruhr wanderte weiter und weiter: immer zwanzig Minuten. Zwanzig Minuten und wieder zwanzig Minuten. Anton wartete auf das Klingeln und begab sich dann folgsam in das Zimmer. Er maß und er notierte und er kehrte an seinen Platz zurück und wartete auf das nächste Klingeln, um sich dann erneut zu erheben, in das Zimmer zu gehen, zu messen, zu notieren und zurück zu kehren. Ein schier endloser Kreislauf. So kam es ihm jedenfalls vor.

Zehn, dreizehn, zehn, zwölf, elf, zwölf. Das waren nicht die Lottozahlen. Es waren Antons Werte. Was sie bedeuteten, wußte er noch immer nicht. Allmählich hätte er es aber gerne gewußt, denn er hatte langsam die Nase voll von den zwanzig Minuten. Die Sonne strahlte immer intensiver von dem herrlich blauen Himmel und es kribbelte ihn in den Beinen, diese Räumlichkeiten zu verlassen.

Wie viele Patienten inzwischen gekommen und gegangen waren, konnte er nicht sagen. Für sein Gefühl waren es genug für einen Tag. Er war nicht in seine Heimatstadt gekommen, um sich inmitten schniefender und hustender Menschen aufzuhalten. Er wollte den Spuren seiner Vergangenheit begegnen.

Noch zehn Minuten bis zwanzig Minuten!

Der Bus war voll, sehr voll. Die Menschen standen dicht an dicht gedrängt. Es blieb kaum Platz zum Atmen. Er mochte diese Enge nicht. Er mochte überhaupt keine Enge. Das war schon immer so, seit seiner frühesten Kindheit. Er war nie gerne bei großen Veranstaltungen. Dort gab es zu viele Menschen und diese Menschen waren zu dicht beieinander für sein Gefühl. Er mied solche Menschenansammlungen.

Der Bus war voll und er hätte ihn nicht genommen, wenn man ihn nicht dazu genötigt hätte. Er sollte eine Besorgung machen, für seine Mutter. Seine Mutter war alt und er versuchte, den Kontakt mit ihr zu vermeiden. Nicht, weil sie alt war, sondern weil es seine Mutter war. Aber sie ließ ihn nicht in Ruhe. Immer wieder rief sie ihn an.

„Kannst du mal eben?" oder:

„Für dich ist das doch ein Leichtes!"

Sie ließ ihn nicht in Ruhe. Er wohnte gleich ein paar Häuser weiter. Also ging er. Wenn sie rief, dann kam er. So auch heute. Sie brauchte irgendetwas Überflüssiges und sie brauchte es natürlich sofort. Es half ihm nichts, daß er etwas vorzuhaben vorgab. Sie ließ nicht locker und am Ende hatte er nachgegeben. So, wie er es bisher noch jedes Mal getan hatte.

Nun befand er sich in einem dieser

schrecklichen Busse, die ihn und die vielen anderen aus einem der gesichtslosen Vororte hinein in ein ebenso gesichtsloses Zentrum brachten. Der einzige Unterschied waren die Menschen: Es gab noch viel mehr im Zentrum als in der Vorstadt.

Der Bus wurde mit jeder Haltestelle voller. Es war ihm ein Rätsel, wo all diese Menschen noch einen Platz fanden. Er dachte nicht weiter darüber nach. Mit der einen Hand hielt er sich an der langen Metallstange fest, die unter der Decke des Busses verlief. Er hätte auch nicht umfallen können, wenn er das nicht getan hätte. Der Bus war viel zu vollgestopft dazu. Überall um ihn herum waren Stimmen. Laute Stimmen, leise Stimmen, angenehme und unangenehme. Sie redeten über die Arbeit, die Kinder, die Freunde. Es interessierte ihn nicht. Er wollte so schnell wie möglich die Besorgungen für seine Mutter erledigen und wieder zurück nach Hause. Die unterschiedlichsten Gerüche drangen mit den Stimmen zu ihm. Viele waren unangenehm in seiner Nase. Sie machten ihn müde und schläfrig. Die Fahrt kam ihm endlos vor.

Dann hatte er es überstanden: Die monotone Stimme aus dem Lautsprecher bedeutete den Fahrgästen, daß sie die Endhaltestelle erreicht hatten. Der Bus hielt, die Türen öffneten sich und er wurde mit den anderen hinaus gespült in die Dunkelheit.

Er sah sich um: Ja, es war schon dunkel. Die

Laternen verbreiteten ein schwaches, gelbliches Licht. Es regnete. Als er in den Bus gestiegen war, hatte die Sonne geschienen. Nicht eine Wolke hatte sich am Himmel gezeigt.

„So kann es gehen!" sagte er und schlug den Kragen seines Mantels hoch.

Er stand an einem kleinen Wartehäuschen. Es war eines jener Wartehäuschen, wie es sie überall an vielen Haltestellen gibt. Er war allein. Das verwunderte ihn: Eben waren die Straßen noch voll von Menschen gewesen, die geschäftig hin- und herliefen. Der Regen wurde stärker. Er schaute sich um: Die Häuser waren verschwunden. Er stand am Straßenrand und außer dem Haltestellenhäuschen gab es nichts, was darauf hindeutete, daß er sich im Zentrum einer Stadt befand.

„Was? Was ist jetzt los?" brachte er hervor und drehte sich einmal um die eigene Achse.

Er war noch immer allein und außer dem Regen und dem Haltestellenhäuschen gab es nichts um ihn herum außer steinigen Flächen, die sich zu beiden Seiten der Straße hinzogen. Er hatte keine Erklärung dafür.

„Wo bin ich?" fragte er sich selbst.

Er schaute auf den Fahrplan, der sich an der einen Seitenwand des Haltestellenhäuschens befand. Der nächste Bus fuhr in zwei Stunden. Das konnte nicht sein. Die Busse vom und ins Zentrum fuhren zu dieser Tageszeit alle paar Minuten. Er fragte sich, ob er aus Versehen in den falschen Bus gestiegen war. In einen dieser Überlandbusse, die die weit auseinanderliegenden Vororte der Stadt miteinander verbanden.

„So muß es gewesen sein!" beruhigte er sich.

Da es niemanden gab, den er hätte fragen können und da der Regen gerade etwas schwächer zu werden schien, beschloß er, nicht auf den nächsten Bus zu warten, sondern den Weg zurück in die Stadt per Fuß zu wagen.

Schnellen Schrittes begann er, die Straße zurück zu laufen in der Richtung, aus der er mit dem Bus gekommen war. Irgendwo würde er einen Hinweis darauf finden, wo genau er sich befand. Und irgendwo würde ein anderer Bus fahren, der ihn an sein ursprüngliches Ziel brächte. Dessen war er sich sicher.

Er war schon eine ganze Weile gelaufen, als er meinte, immer wieder Schritte hinter sich zu hören. Jedes Mal, wenn er stehen blieb und in den Regen hinein lauschte, konnte er aber nichts anderes hören, als die Tropfen, die auf der Straße aufschlugen.

„Hallo, ist da jemand?" rief er in die Dunkelheit.

Es war sehr dunkel. Die Straßenlaternen hatten ziemlich bald aufgehört, nachdem er das Haltestellenhäuschen verlassen hatte. Der Himmel war so dicht mit Wolken bedeckt, daß auch von dieser Seite kein Licht zu ihm drang. Dabei konnte es noch gar nicht so spät sein.

Kein Auto war an ihm vorbei gefahren, seit er das Haltestellenhäuschen vor gut einer halben Stunde verlassen hatte. Weder in die eine noch in die andere Richtung. Das wunderte ihn, aber er dachte nicht weiter darüber nach. Schritt für Schritt setzte er seinen Weg fort durch die Dunkelheit, seinen Blick die meiste Zeit auf den Asphalt unter ihm gerichtet.

Immer wieder lauschte er und sah sich um. Es war niemand zu sehen. Er war und blieb allein. Trotzdem meinte er, Schritte gehört zu haben, die von jemandem kommen mußten, der ihm folgte. Er ging so schnell er konnte.

Der Regen wurde stärker und stärker. Die Straße stand mehr oder weniger unter Wasser. Seine Schuhe waren durchnäßt und auch seine Kleidung. Er war nicht auf Regen vorbereitet gewesen. Seine Augen suchten die Dunkelheit ab nach einem Unterstand. Schließlich sah er eine Art Gebäudekomplex rechts der Straße. Er überquerte sie. Es mußte sich um eines dieser Einkaufszentren handeln, die man zu Hunderten überall errichtete. Eines dieser Zentren, deren Betreiber noch Bankrott waren, bevor der Bau vollendet war. Es war eine Bauruine. Er schritt durch einen langen Gang. Links und rechts befanden sich Schaufenster, glaslose Schaufenster. Jedenfalls war es trocken hier. Es war ein langes Gebäude. Schließlich hatte er das Ende erreicht. Er verließ es auf der anderen Seite.

Es war warm und hell. Die Sonne stand an einem tiefblauen Himmel. Vor ihm lag eine südliche Landschaft. Sanfte Hügel, die von Weinstöcken bestanden waren dehnten sich bis zum Horizont. Alles war grün und friedlich. Hier und da sah man einzelne Gehöfte zwischen den Weinbergen.

Nach einer Weile erhoben sich zu beiden Seiten der Straße kleine Häuser. Es war ein kleiner Ort, durch den er sich jetzt bewegte. Aus der Entfernung hatten die Häuser bunt und fröhlich gewirkt. Jetzt sah man, daß sie sehr alt waren. Der Putz fiel von den feuchten Wänden. Es roch nach Müll und Unrat. Die Straßen waren gepflastert und an ihren Rändern flossen Spülwasser und Fäkalien Richtung Tal. Der Geruch wurde immer unerträglicher. Es waren Männer und Frauen auf den Straßen. Sie gingen ihrem Tagewerk nach und beachteten ihn nicht. Er versuchte, einen Mann anzusprechen, der vor ihm an einer Art Karren stand, der ihm als Verkaufsstand zu dienen schien. Auf der kleinen Ladefläche lagen faulige Tomaten und stinkende Kartoffeln. Der Mann hatte kaum noch Zähne im Mund. Er schien ihn nicht zu verstehen. Mehr noch, er schien ihn zu ignorieren. Er ging weiter, um sein Glück woanders zu versuchen. Ein Stück weiter die Straße hinunter stand eine kleine Gruppe Männer, die sich angeregt unterhielten. Er konnte sie nicht verstehen.

„Entschuldigung", sagte er und tippte dem der Männer auf die Schulter, der ihm am nächsten stand.

Der Mann reagierte nicht. Er führte seine Unterhaltung fort, ohne Notiz von dem Fragenden zu nehmen.

„Hallo, kann mich jemand verstehen?" versuchte er es noch einmal.

Niemand antwortete ihm. Er wollte sich schon abwenden, als der Mann aus der Gruppe, den er als ersten angesprochen hatte, ihn am Oberarm packte:

„Die Hunde!" sagte er und sah ihm dabei mit einem Blick in die Augen, der gleichzeitig Angst und Zorn ausdrückte, „es sind die Hunde!"

„Können sie mir vielleicht helfen, ich habe etwas die Orientierung verloren!"

„Ja, nicht berühren! Man darf sie nicht berühren!" sagte einer der anderen Männer.

Dann ließ der erste Mann Antons Arm los und die Männer setzten ihr Gespräch fort, als hätte es nie eine Unterbrechung gegeben.

Anton machte, daß er von diesem Ort weg kam. Er ging schnellen Schrittes weiter die Straße hinunter. An ihrem Ende konnte er eine Brücke erkennen, die sich über einem kleinen Fluß erhob. Auf der anderen Seite verlief eine große Straße. Diese wollte er erreichen.

Es ging weiter bergab und er kam schnell voran. Links und rechts standen noch immer die alten, halbzerfallenen Häuser. Der Boden bestand aus unregelmäßig angeordneten, nur grob behauenen Steinen. Er war nur noch ein kleines Stück von der Brücke entfernt, als er vor sich auf dem Boden einen Hund liegen sah. Er erschrak und blieb stehen. Er erinnerte sich an die Worte der Männer:

„Es sind die Hunde! Man darf sie nicht berühren!"

„So ein Unsinn", sagte er sich, „warum soll man sie nicht berühren! Und, was passiert, wenn man sie berührt? Wieso sollte man überhaupt auf die Idee kommen, fremde Hunde zu berühren? Ein merkwürdiger Ort ist das hier!"

Er schaute auf den Hund, der zu schlafen schien. Vorsichtig setzte er seine nächsten Schritte, ohne ihn zu berühren. Er wollte gerade aufatmen, als er vor sich erneut einen Hund sah. Es war ein großer, brauner Hund, der seinen Blick auf ihn gerichtet hatte. Es war, als wenn er ihn böse anschauen würde.

„Alles Unsinn!" wiederholte Anton.

Er umrundete den großen, braunen Hund, der sich nicht bewegte und setzte seinen Weg noch langsamer fort. Als er seinen Blick umherschweifen ließ, entdeckte er einen weiteren und noch einen und immer mehr Hunde. Ihre Zahl schien sich von Augenblick zu Augenblick zu erhöhen. Er fragte sich, warum er sie nicht schon eher gesehen hatte. Die meisten der Hunde lagen auf dem Boden, einige standen. Alle Hunde waren groß. Ihre Rasse konnte er nicht bestimmen. Sie rührten sich nicht von der Stelle, aber sie alle blickten in seine Richtung. Schweiß bildete sich auf seiner Stirn. Er hörte Stimmen hinter sich und sah sich um: Ein Stück die Straße hinauf stand eine Gruppe von Menschen, unter ihnen die Männer, die ihn vor den Hunden gewarnt hatten. Sie schauten in seine Richtung und zeigten mit ausgestreckten Armen auf ihn und die Hunde:

„Wieder einer!" hörte er sie sagen.

„Ja, wieder so ein ahnungsloser Kerl!"
„Der Arme! Hätte er nur auf uns gehört!"
„Sie wissen es immer besser!"
„Sie wollen es einfach nicht glauben."
„Wir können nichts für ihn tun!"
„Nichts."
„Da! Sie bewegen sich schon!"

Die Menschen gestikulierten noch wilder mit den Armen. Einige verbargen ihre Gesichter hinter den Händen, aber niemand wandte sich ab oder verließ seinen Platz.

Als Anton wieder auf den Weg vor sich blickte, traute er seinen Augen nicht: Die Zahl der Hunde war noch weiter angewachsen. Es war wirklich Bewegung in sie gekommen. Viele von ihnen standen jetzt und fletschten die Zähne. Aus ihren Mäulern tropfte eine weiße Flüssigkeit und ein unüberhörbares Knurren war zu vernehmen. Er versuchte, sein Unbehagen zu verbergen und langsam weiter zu gehen. Er wußte, daß Hunde die Angst der Menschen riechen können.

„Du darfst keine Angst zeigen, dann passiert dir nichts. Und: Nicht berühren!" sagte er sich immer wieder.

Beides wurde immer schwerer, da die Hunde nun dicht an dicht vor ihm standen und lagen und es kaum noch freie Stellen zwischen ihren Körpern gab. Auch schienen sie immer näher an ihn heran zu rücken und auch das Knurren wurde immer lauter und klang noch drohender.

„Warum bist du nicht zu Hause geblieben?" sagte Anton zu sich, „es ist hoffnungslos, es sind zu viele."

Als er den ersten Hund entdeckt hatte, waren es keine zwanzig Meter mehr bis zu der Brücke. Nun, da er mindestens weitere zehn Meter zurück gelegt hatte, erschien die Brücke weiter entfernt als vorher. Er hatte Angst, Todesangst und er sah keinen Ausweg mehr. Er würde die Brücke nie erreichen.

„**D**ie Kleine hat das Lächeln ihrer Großmutter!" sagte Anton.

„Und die Augen ihres Vaters", sagte die Großmutter der Kleinen.

„Ich kenne ihren Vater nicht."

„Aber ihr Vater hatte die Augen seines Vaters und den kennst du!"

Anton sah die ältere Dame fragend an:

„Andreas hat mir nie geschrieben, daß er ein Kind mit Evi hatte."

„Hatte er auch nicht."

„Aber ich kenne Evi. So eine war sie nicht. Wenn sie in einer Beziehung war, dann gab es für sie nichts anderes."

„Es ist schön, daß du sie so in Erinnerung hast. Sie hat dich mehr geliebt, als du glaubst."

„Ja, ich weiß. Wenn ich die Zeit zurückdrehen könnte, würde ich es tun."

„Du kannst es, Anton, du kannst es!"

„Wie denn? Evi ist tot!" Anton wirkte verärgert. „Da läßt sich nichts zurück drehen!"

„Aber ihre Enkelin, Anton, die lebt!"

Anton schaute auf und der Mutter seiner ersten Freundin in die Augen. Er wußte, was diese alte Frau dachte:

„Nein, das geht nicht. Ich lebe allein. Ich habe keine Kinder." Er machte eine kurze Pause und schluckte: „Keine Kinder", wiederholte er und seine Stimme klang sehr traurig, „Nein, beim besten Willen nicht!" Er machte eine weitere Pause: „Sie hat dich!" sagte er dann.

„Anton! Ich bin keine 50 mehr. Antonia ist vier. Sie kommt bald in die Schule. Ich werde ihr nicht helfen können. Und die anderen Kinder! Sie werden sie hänseln wegen ihrer alten Mutter. Du weißt, wie grausam Kinder sein können, Anton!"

Ja, Anton wußte das.

„Aber…", sagte er und wurde sofort unterbrochen:

„Man wird mir das Kind wegnehmen, Anton, früher oder später. Sie hat es bisher nicht sonderlich gut gehabt. Ihre Eltern hat sie mit zwei Jahren verloren. Sie lebt bei einer alten Frau, die ihr die Mutter nicht ersetzen kann. Glaubst du, das Kind ist glücklich?"

„Sie wirkt zumindest so!"

„Alle kleinen Kinder wirken so. Noch ist sie nicht zu alt für einen Neuanfang. Tu es nicht für mich, tu es für Evi. Sie hätte es so gewollt."

„Und wenn ich nun nicht hier vorbeigekommen wäre, zufällig? Was hättest du dann getan?"

„Aber du bist vorbeigekommen, Anton."

„Nein, auf keinen Fall. Es bleibt dabei." Antons Stimme klang fest und schien keinerlei Widerspruch mehr zu dulden. Für ihn war die Sache entschieden. Es war nicht sein Kind. Sein Leben war gut, so wie es war.

„Gut, Anton", sagte Evis Mutter, „dann muß es sein." Sie holte tief Luft und man sah, daß ihre Hände zitterten: „Bevor du gehst, solltest du noch eines Wissen..." Die Stimme der alten Frau zitterte jetzt ebenso wie ihre Hände. „Also, ihr Vater, Antonias Vater, Michael, hieß mit zweitem Namen Anton."

Anton schaute die Mutter seiner Jugendliebe an. In seinem Kopf formte sich ein unglaublicher Gedanke. Er wollte nicht glauben, was er eben gehört hatte, er konnte es nicht glauben. Der Blick der alten Frau zeigte ihm, daß er sich nicht geirrt hatte.

„Nein, das ist unmöglich, oder?" sagte er fast tonlos, „Du meinst, es ist…"

„Ja, Anton, er ist nicht der Sohn von Andreas, er ist dein Sohn!"

Antons Gesichtszüge versteinerten. Ohne ein weiteres Wort zu sagen, erhob er sich und verließ die Wohnung.

Sie waren rot, sie waren groß, sehr groß und es waren unendlich viele. Sie waren überall. Mit ihren Flügeln, die eine Spannweite von nicht unter zehn Metern haben mußten, schossen sie durch die Luft wie Raketen. Wenn sie ein Opfer erspäht hatten, gab es kein Entrinnen: Mit angelegten Flügeln ließen sie sich mit einer ungeheuren Geschwindigkeit vom Himmel fallen und verfehlten ihr Ziel nie.

Die Lage schien hoffnungslos. Er wußte nicht, was er tun sollte. Ein Loch im Boden eines zerstörten Hauses bot ihm für den Augenblick einen gewissen Schutz, aber er konnte nicht ewig hier verharren. Er mußte weiter. Sein Atem war schwer und flach.

Vorsichtig schaute er immer wieder durch den schmalen Spalt, der sich in der Abdeckung seines Versteckes befand. Er konnte nur einen kleinen Ausschnitt seiner Umgebung sehen, aber das war besser als gar nichts. Die roten Ungeheuer beherrschten den Luftraum fast vollständig. Die grünen Punkte waren nur noch vereinzelt zu sehen. Sie waren seine Verbündeten. Es waren nur Wenige, doch sie schienen nicht aufzugeben. Durch ihre Größe waren sie wendiger als die roten Ungetüme. In der Luft waren sie sehr schwer zu zerstören. Das Dumme war nur, daß sie hin und wieder auf den Erdboden zurückkehren mußten, um neue Energie zu tanken. Das war der Moment, auf den die Roten nur gewartet hatten: Sie stürzten sich zu mehreren auf die kleinen grünen Teile und damit war deren Schicksal besiegelt.

Immer wieder bebte der Boden, weil ein Roter getroffen aufschlug. Doch es konnten noch so viele von ihnen vernichtet werden, es schienen nie weniger zu werden. Immer wieder kamen neue Wellen dieser Wesen und versuchten, ihn in seinem Versteck zu eliminieren.

Er duckte sich so tief in das Loch, wie er nur konnte und schloß die Augen.

Er betrat das Haus mit großem Unbehagen. Es war ein großes Haus, es war ein altes Haus. Entsprechend gewaltig wirkte die Eingangshalle, in der er sich jetzt befand. Sie erinnerte ihn ein wenig an die Häuser der Patriarchen des alten Südens der Vereinigten Staaten. Schon die Auffahrt zu dem Gebäude durch den weitläufigen Park hatte in ihm diesen Eindruck erweckt. Ja, er hätte sich durchaus auf „Tara" befinden können.

Aber er befand sich nicht dort. Er befand sich in einem alten Haus, das zu einer Belegklinik umfunktioniert worden war. Von derartigen Kliniken hatte er nichts Gutes gehört. Das verringerte sein Unbehagen nicht gerade. Im Gegenteil, das

Grummeln in seiner Magengegend wurde immer stärker. Einen Moment dachte er daran, das Gebäude schnell wieder zu verlassen, noch bevor ihn jemand wahrgenommen hatte. Doch leider verwarf er diesen Gedanken sofort wieder. Er hatte Angst.

Die Anmeldung befand sich gleich rechts neben dem Eingang. Ihr gegenüber hatte man ein paar unbequem aussehende Sitzmöglichkeiten abgestellt. Die großen Fenster dahinter gaben den Blick auf einen Innenhof mit einem kleinen Brunnen frei. In der Mitte des Brunnens befand sich eine Skulptur, die einen nackten Wassergott oder etwas in der Art darzustellen schien. Er konnte sich nicht erinnern, jemals zuvor etwas so Scheußliches gesehen zu haben. Am äußeren Rand tummelten sich ebenso unansehnliche kleine Steinfische. Der Brunnen war nicht mehr in Betrieb. Er schien schon sehr lange kein Wasser mehr gesehen zu haben.

Die Tür der Anmeldung wurde geöffnet und eine Schwester verließ den Raum. Sie nahm keinerlei Notiz von ihm. Er nutzte die Gelegenheit und schlüpfte in den Raum hinter der Tür.

In der Mitte befand sich ein riesiger Schreibtisch, an dem ohne Probleme vier Personen ausreichend Platz gefunden hätten. Außer ihm befand sich nur eine weitere Person in dem Zimmer. Es schien die Sekretärin oder Sachbearbeiterin zu sein. Die Dame jüngeren Alters blickte ihn fragend an. Er erwiderte den Blick und es tat ihm ein wenig Leid, daß er den Ursprung des Blickes gestört hatte.

Schließlich ergriff er das Wort, nachdem es die Dame vorzog, ihn weiter fragend anzustarren:

„Guten Tag, ich habe einen Termin um 14 Uhr."

„Ja?" sagte die Dame, was wohl so viel wie: „Und Sie sind?" heißen sollte.

Er nannte seinen Namen und die Dame tippte auf der Tastatur ihres Computers, schaute auf den Bildschirm, tippte wieder, schaute und sagte schließlich:

„Haben Sie die Unterlagen dabei?"

Jetzt schaute er sie fragend an:

„Unterlagen?"

„Die Unterlagen, die Sie für ihre Aufnahme in die Klinik benötigen!" Ihre Stimme zeigte Verwunderung darüber, daß er nicht wußte, welche Unterlagen sie meinte.

„Ich habe keine Unterlagen", sagte er zögernd und fügte schnell hinzu, um sich nicht unnötig den Zorn der Dame zuzuziehen, die ihn immer grimmiger anschaute: „Welche Unterlagen benötige ich denn?"

Der Gesichtsausdruck der Dame schien sich ein Wenig zu entspannen:

„Den Fragebogen hier haben Sie nicht bekommen?" Sie schob ihm einen Din-A-4-Doppelbogen hin.

„Nein, das ist das Vorgespräch heute, die Operation ist nächste Woche." Wann also sollte er diesen Bogen erhalten haben, fragte er sich, ohne es auszusprechen.

„Das spielt keine Rolle", sagte die Dame, „ich möchte Sie bitten, den eben schnell auszufüllen und dann wieder hier abzugeben!"

„Ja", sagte er und nahm den Bogen in seine Hände.

„Draußen, bitte!" sagte die Dame.

„Natürlich, wo sonst" sagte er und verließ mit dem Fragebogen den Raum.

Er nahm auf einem der Plätze unter den großen Fenstern Platz und mußte feststellen, daß sie noch unbequemer waren, als sie ausgesehen hatten. Freundlicherweise hatte ihm die Dame einen Kugelschreiber zur Verfügung gestellt.

„Wiedersehen macht Freude!" hatte sie gesagt, als sie ihm den Stift gereicht hatte.

„Also, dann wollen wir mal!" sagte er zu sich selbst und begann, den Fragebogen auszufüllen.

Die eine Hälfte bestand aus den üblichen, immer wiederkehrenden Fragen nach dem Namen, Vornamen, Wohnort usw. All die Daten, die das Krankenhaus schon von ihm besaß und die er hier bestimmt nicht das letzte Mal angeben mußte. Dazu kamen dann die Informationen, die auch schon jeder seiner Ärzte besaß und die unvermeidlichen Auskünfte über die Familie und eventuelle Krankheiten in der Familie. Diese Fragen ließ er immer offen. Er wußte nicht, wie das in anderen Familien war, aber in seiner Familie wurde über solche Dinge nie gesprochen. Demzufolge hatte er keine Ahnung, ob seine Urgroßtante Elfriede Zucker hatte oder dem Neffen seines Großvaters Probleme mit dem Herzen zu schaffen machten. Einverständnis und Unterschrift.

„Fertig!" sagte er erleichtert.

Er erhob sich und seinen schmerzenden Rücken und betrat erneut die Anmeldung. Die Dame überflog die einzelnen Seiten des Bogens, nickte hier und dort und gab ihm den Bogen dann wieder zurück:

„Warten Sie bitte draußen, der Arzt wird Sie aufrufen!"

Er wartete draußen, draußen in der großen, leeren Halle. Ab und an passierte eine Schwester oder ein Pfleger sie auf seinem Weg von oder zu der nächsten Aufgabe. Auf seiner linken Seite, der rechten vom Eingang aus gesehen, führte eine breite, marmorne Treppe in das Obergeschoß, Der dunkelrote Teppich ließ seine Gedanken wieder abschweifen nach „Tara" und dem alten Süden.

„Herr Anton…?"

„Äh, ja!" Er kehrte zurück aus dem Alten Süden der Vereinigten Staaten in den Neuen Westen der Bundesrepublik Deutschland. „Das bin ich."

„Krämer! Ich bin der Anästhesist!" sagte Krämer, der Anästhesist, „kommen Sie bitte!"

Er folgte dem Anästhesisten in einen Raum und nahm neben ihm an einem Tisch Platz.

Der Anästhesist bearbeitete die Tastatur seines Computers, nachdem er ein paar einleitende Fragen gestellt hatte. Die im Fragebogen getroffenen Aussagen wurden in das moderne Medium übertragen. Zu einigen Punkten stellte er ergänzende Fragen oder Verständnisfragen. Es war ein sehr angenehmes Gespräch. Das hätte er vorher nicht so erwartet. Er war erleichtert. Er hatte ein besseres Gefühl beim Verlassen der Klinik als bei ihrem Betreten.

Sein rechter Oberschenkel brannte wie Feuer. Auf dem Flur vor dem Zimmer war in unregelmäßig-regelmäßigen Abständen ein Ton zu hören, der dem eines Eingangssummers ähnelte. Nur war der Ton viel lauter und länger anhaltend. Am liebsten hätte er dieses Zimmer, ja dieses Haus sofort wieder verlassen. Noch war er dazu in der Lage, aber er zwang sich, zu bleiben. Er selber hatte es so gewollt. Niemand hatte ihn zu dieser Operation gezwungen. Niemand außer ihm selbst und einem Teil seines Körpers. Die Schmerzen am Oberschenkel ließen langsam etwas nach, aber die Haut glich einem Feuermal.

„Diese verdammten Rasierer!" sagte er, „billiges Zeug aus China! Wer weiß, womit die die Klingen behandelt haben!"

Er schaute auf sein rechtes Bein: eine etwa handgroße Fläche ober- und unterhalb des Knies war von den Haaren befreit worden. Begonnen hatte Schwester Marion mit der Prozedur. Abgeschlossen hatte er sie alleine, da besagte Schwester zu einem anderen Patienten entschwunden und bisher nicht mehr aufgetaucht war.

Es klopfte. Eine andere Schwester betrat das Krankenzimmer. Ihr Name blieb ihr Geheimnis, aber es war eine sehr freundliche Schwester. Sie fragte nach den Wünschen für das morgige Mittagessen und wollte erfahren, welche Getränke zum Abend und Morgen gewünscht wurden.

Schwester Marion blieb verschwunden. Er empfand das nicht als sehr großen Verlust. Schwester Marion war eine sehr merkwürdige Frau, die sich durch ihr Auftreten nicht gerade dem Kreis der Leute empfohlen hatte, für die er positive Gefühle hätte hegen können.

„Ich bin Schwester Marion!" Mit diesen Worten war Schwester Marion in das Zimmer und in sein Patientenleben gestürmt. Sie war gefühlte 150 cm groß und ebenso breit. Ihre rötlichen Haare hingen glatt bis auf die Schultern herunter. Die Rahmenfarbe ihrer Hornbrille harmonisierte mit der ihrer Haare. Es war die einzige Harmonie, die er an ihrer Person feststellen konnte.

Er wurde von Schwester Marion in die ersten Geheimnisse seines Aufenthaltes eingewiesen. Außerdem wurde er von ihr befragt.

Die Einweisung war kurz und sachlich und bestand hauptsächlich darin, daß sie ihn aufforderte, sich für die Operation umzuziehen. Ihre Gegenwart störte sie dabei in keiner Weise.

„Dann habe ich noch ein paar Fragen!" sagte Schwester Marion.

Sie wiederholte die Fragen, die ihm der Anästhesist im Vorgespräch vor ein paar Tagen gestellt hatte. Es schien sich um den gleichen Fragebogen zu handeln. Wenn er nicht schnell genug antwortete oder die Antwort nicht in der erwarteten Art und Weise ausfiel, reagierte sie ungehalten. Da war z. B. die beliebte und durchaus notwendige Frage nach eventuellen Allergien.

Diese Frage war jedes Mal dabei und aus diesem Grunde hatte er zu dem Vorgespräch seinen Allergiepaß vorgelegt.

„Den brauchen Sie dann nicht mehr", hatte der Anästhesist auf seine Nachfrage gesagt und auf seinen PC gedeutet: „das ist hier alles festgehalten!"

Aus eben diesem Grunde hatte er ihn, allen unnötigen Ballast vermeidend, zu Hause gelassen. Nun hätte er ihn gebraucht, denn mit der Bezeichnung seiner Allergie konnte Schwester Marion nicht allzu viel anfangen:

„Was soll das denn sein?" hatte sie kopfschüttelnd gesagt.

Er buchstabierte ihr den Wirkstoff und sie ging zur nächsten Frage über:

„Tragen Sie eine Brille oder Kontaktlinsen?"

Im Augenblick trug er keine Brille, was man bei genauerem Hinsehen ohne Weiteres hätte erkennen können. Darum ging es aber in der Frage gar nicht, sondern darum, ob er grundsätzlich eine Brille besaß. Noch verwirrender war für ihn die folgende Frage und für Schwester Marion seine Antwort darauf:

„Sind Ihre Zähne fest oder haben Sie herausnehmbaren Zahnersatz?"

„Keinen Zahnersatz und: nicht fest", sagte er wahrheitsgemäß.

„Wie? Sie haben Zahnersatz?"

„Nein."

„Dann sind Ihre Zähne fest!"

„Nein, locker!"

„Wie soll denn das gehen!" brummte Schwester Marion kopfschüttelnd vor sich her.

Sie überging die Antwort und zur nächsten Frage über. Sein Zahnarzt hätte ihr das mit den nicht festen Zähnen sehr einfach erklären können, aber der war nicht hier und Schwester Marion auch an keiner näheren Erklärung interessiert. Also beließ er es dabei. Der Rest war Routine.

Es war ein stürmischer Tag. Ein Apriltag, wie er typischer nicht hätte sein können. Sonne und Regen wechselten immer wieder. Er war eigentlich ganz froh, jetzt nicht draußen unterwegs sein zu müssen. Was ihn nervös machte waren das Warten und die Ungewißheit, wie lange dieses Warten dauern würde. Er haßte es, warten zu müssen. Und noch mehr haßte er es, den Endpunkt des Wartens nicht zu kennen. Schon in seiner Kindheit war es ihm ein Groll, wenn seine Mutter gesagt hatte:

„Warte hier, ich bin gleich zurück!" und dann in einem Geschäft verschwunden war.

„Was heißt `gleich´?" hatte er sich dann gefragt, „heißt das: in fünf Minuten oder in einer halben Stunde?"

Er lernte, daß es sehr viele Variationen von „Gleich" gab. Manches „Gleich" war so kurz, daß es sofort endete und manches schien schier unendlich zu dauern. Warum konnte man dem „Gleich" keinen Rahmen geben!

„Warum sagt man nicht: Ich bin in fünf Minuten wieder da!" hatte er sich dann immer gefragt.

Viel später glaubte er, die Antwort darauf gefunden zu haben: Es war den meisten Menschen einfach zu anstrengend! Wenn man das „Gleich" durch einen konkreten Zeitraum ersetzen wollte, dann mußte man sich vorher über diesen Zeitraum Gedanken machen. Um die Länge des Zeitraumes in etwa einschätzen zu können, mußte man sich wiederum genau überlegen, was alles man in diesem „Gleich" an Dingen und Taten unterzubringen gedachte. Da war so ein „Gleich" doch eine feine Sache. Darin ließ sich alles und in beliebiger Länge unterbringen.

Wie hatte Schwester Marion doch bei ihrem letzten Entschwinden gesagt:

„Sie werden ja gleich operiert!"

Und so war es denn ja auch. Er wurde gleich operiert.

Irgendwann ging es los. Wie viel Zeit seit seiner Aufnahme vergangen war, wußte er nicht. Es waren mehrere Stunden, aber draußen war es noch hell. Schwester Marion hatte das Krankenzimmer betreten. Sie löste die Bremse des Bettes und zog es zur Tür. Dann versuchte sie, es auf den Flur zu bewegen. Ihre Bemühungen mündeten in dem Ergebnis, daß sich die vorderen zwei Drittel des Bettes auf dem Flur befanden und das hintere Drittel noch im Zimmer verblieben war. Das Bett war im Türrahmen verkeilt.

„Das ist nur bei diesem Zimmer so!", beeilte sich Schwester Marion zu sagen. „Einen Moment, ich bin gleich wieder da!" rief sie und war verschwunden.

Das mit dem „Gleich" kannte er schon. Bei ihrer Rückkehr war Schwester Marion in Begleitung einer weiteren Schwester. Mit vereinten Kräften schoben die beiden Schwestern das Bett wieder zurück in das Zimmer. Anschließend zog Schwester Marion und die andere Schwester schob. Am Ende gelang es ihnen mit den vereinten Kräften, das Bett aus dem Zimmer zu befreien.

In ihm regte sich Mitleid mit Schwester Marion: Es war schon kein einfaches Tageswerk, das sie verrichten mußte. Er begann, sie mit anderen Augen zu sehen. Vielleicht war Mitleid das falsche Wort.

„Verständnis!" sagte er, „das ist es!"

„Haben Sie etwas gesagt?" fragte Schwester Marion, die alle Hände voll damit zu tun hatte, das Bett durch den langen Flur zu bewegen.

„Äh, gar nicht so einfach, das alles!" sagte er.

Sie nickte und eine Art Lächeln glitt über ihr Gesicht.

Er genoß die Fahrt durch den Flur in den Vorbereitungsraum. Dort wurde er neben einem anderen Bett, in dem sich eine alte Frau befand, abgestellt und erst einmal wieder sich selbst überlassen.

Die beiden Betten waren am Kopfteil durch eine Art Duschvorhang voneinander getrennt. Das konnte nicht verhindern, daß er sehen konnte, daß die alte Frau an einer Art Maschine hing, die merkwürdige Geräusche von sich gab. Die alte

Frau selber stöhnte immer wieder. Er fühlte sich nicht besonders gut.

Schwester Marion hatte den Raum wieder betreten und widmete ihre Aufmerksamkeit nun dem anderen Bett. Die alte Frau schien die Operation schon hinter sich zu haben. Nach einigen Minuten verschwand das Bett mit der alten Frau und mit Schwester Marion.

„Ruhe!" sagte er, „das ist gut!" Er schloß die Augen und versuchte, nicht an die bevorstehende Operation zu denken.

Es klapperte. Schwester Marion war zurückgekehrt und war dabei, ein Fenster zu öffnen:

„Warm hier drin!" sagte sie.

Er nickte, was sie jedoch nicht sehen konnte, da sie mit dem Rücken zu ihm stand.

„Noch zehn Minuten", meinte sie und nahm sich ein Glas, das sie mit Mineralwasser füllte. Sie leerte es in einem Zug. Ein zweites folgte. Sie schaute ihn an:

„Ich weiß, das ist gemein" sagte sie und lächelte, „ich darf trinken und Sie dürfen nicht!" Sie schaute ihn ein wenig traurig an.

„Trinken Sie ein Glas für mich mit!" sagte er.

Eine weitere Schwester betrat den Raum.

„Ich bin Martina, Ihre Narkoseschwester", sagte die Schwester. Sie setzte ihm den Zugang für die Betäubung.

„Das ist der Zugang, über den Sie die Narkose

erhalten", sie lächelte, „bis gleich!"

Sie verließ den Raum zusammen mit Schwester Marion und er war wieder allein.

Er war nicht lange allein. Keine zwei Minuten waren vergangen, als Schwester Marion zurück kehrte:

„Es geht los!" sagte sie frohlockend.

Das Bett bewegte sich wieder. In der großen Halle, in der sich die Anmeldung befindet, kam es vor dem Operationssaal zum Stillstand. Er sah, wie ein anderes Bett an seinem vorbei geschoben wurde. Es war der Patient, der vor ihm im Operationssaal gewesen war. Er schlief. Sein eigener Zustand besserte sich dadurch nicht sonderlich. Im Gegenteil, der Gedanke daran, gleich dorthin zu gelangen, wo das andere Bett gerade hergekommen war, bereitete ihm mehr als Unbehagen.

Ein Mann in Blau kam auf sein Bett zu und unterbrach seine trüben Gedanken. Er stellte sich kurz als der Narkosearzt vor und los ging es. Ein paar Fragen noch auf dem Weg, wohl eher der Ablenkung, als der Information dienend, dann die Stimme des operierenden Arztes:

„Na, gut geschlafen, heute Nacht?"

„Ja, heute schon!"

„Gut, dann werden Sie gleich weiter schlafen!"

Er lächelte noch und dann träumte er von Fröschen, vielen Fröschen.

All das schoß ihm durch den Kopf, als er

langsam wieder zu sich kam und seine Erinnerungsfetzen sich zu ganzen Teilen formten. Da war es wieder, das Rauschen. Er wußte, daß es nicht das Meer war. Nein, es waren die Bäume vor dem Fenster, die der stürmische Wind hin und her bewegte. Er schlief wieder ein.

Als er die Augen öffnete, sah er in ein männliches Gesicht mit Brille. Es stellte sich als der Stationsarzt vor. Einen Moment später erschien ein ihm bekanntes Gesicht: das von Schwester Marion. Sie waltete ihres Amtes: Blutdruckmessung, Kontrolle der Flasche, in die Blut und Eiter laufen sollten. Es schien alles seine Ordnung zu haben, denn sie nickte zufrieden. Sein Bett wurde zurück in das Krankenzimmer geschoben. Ruhe.

Trügerische Ruhe. Noch immer war es stürmisch draußen und noch immer surrte der Summer des Patientenrufes in unregelmäßig-regelmäßigen Abständen.

Irgendwann betrat der operierende Arzt das Krankenzimmer und unterrichtete ihn über die durchgeführten Maßnahmen.

„Ja, der Meniskus war gar nicht so betroffen", sagte er, „aber es war schon was!"

Er wedelte mit ein paar Blättern, auf denen Aufnahmen seines Knies waren.

„Hier!" er zeigte auf eine der Aufnahmen, „da war ein Schleimhautlappen, den habe ich entfernt und da", er wedelte wieder mit den Blättern und deutete auf eine andere Aufnahme, „war auch einer, ein ziemlich großer. Der zog sich von da bis da."

Er zeigte auf einen Schatten, den man auf der Aufnahme erkennen konnte.

„Jedes Mal", fuhr er fort, „wenn Sie das Knie gebeugt haben, hat der auf den Knorpel gedrückt, der andere auch und die hier ebenso", er wedelte wieder mit den Blättern und deutete auf zwei weitere Stellen, „und das hat den Schmerz verursacht." Er machte eine kurze Pause. „Der Knorpel ist auch ein wenig in Mitleidenschaft gezogen dadurch, aber das kann man im Augenblick vernachlässigen." Er lächelte. Dann sagte er:

„Bewegen Sie mal die Zehen!"

Er bewegte die Zehen.

„Wunderbar! Sie werden sehen, Sie werden sehr schnell wieder gesund werden! Morgen oder übermorgen kommt der Schlauch raus und dann können Sie nach Hause und da bekommen Sie ja ein Gerät zum Üben und dann fangen wir ja auch mit der Krankengymnastik an. Sie werden sehen, das wird schnell wieder!"

Der Arzt machte erneut eine Pause, um Luft zu holen.

„Übermorgen?" hörte er sich sagen, „ich dachte, ich kann morgen nach Hause?" In seiner Stimme schwang ein wenig Panik mit.

Der Arzt schaute ihn stirnrunzelnd an:

„Nun, morgen ist ja noch einmal Visite, wir werden sehen, jetzt schlafen Sie erst einmal in

Ruhe aus!"

Damit verließ der Arzt das Krankenzimmer. Er war wieder allein. Er fragte sich, ob der Arzt schon einmal eine Nacht in einem Krankenhaus gelegen hatte und sich dort in Ruhe hatte ausschlafen können. Wenn dies der Fall gewesen sein sollte, dann hätte er ihn vielleicht nach diesem Krankenhaus fragen sollen!

Im Laufe des weiteren Abends wurde das Geräusch des Patientensummers mehrmals durch das Scheppern von Rollwagen auf dem Gang, den Stimmen der Schwestern und einem dumpfen Summen ergänzt. Das dumpfe Summen kam von einem Kompressor und war nicht abzustellen, das hatte er von einer der vielen Schwestern erfahren, die immer wieder in sein Zimmer gestürmt waren um ihm die ruhige Zeit zwischen dem Summen und Scheppern zu vertreiben. Alles in allem erwartete er, die ganze Nacht kein Auge schließen zu können.

Er öffnete die Augen. Ein Geräusch hatte ihn aus einem unruhigen Schlaf gerissen. Vorsichtig schaute er sich um. Das Zimmer lag im Halbdunkel und durch die einen Spalt weit geöffnete Tür drang vom Flur her ein Lichtschein in den Raum. Eine Person in einem grünen Kittel stellte wortlos aber nicht lautlos eine Schale auf das Tischchen neben seinem Bett. Dann verließ sie das Zimmer genauso wortlos und geräuschvoll wie sie es betreten hatte. Die Tür knallte und er war wieder allein.

Er erinnerte sich langsam: Er war gefangen! Gefangen in einem zwei Meter langen und 80 Zentimeter breiten Bett!

„Etwas größer als ein Sarg!" sagte er. Dieser Gedanke trug nicht gerade zu einer Aufhellung seiner Stimmung bei, aber der Vergleich erschien ihm durchaus passend.

Vor dem Fenster wurde es langsam hell und die Vögel begannen zu zwitschern. Das lenkte ihn etwas ab. Er hörte Meisen, Amseln, Turteltauben – der Frühling lag in der Luft! Alles begann zu sprießen und überall blühten die Osterglocken. Er liebte diese Zeit des Jahres, wenn die Natur aus ihrem Winterschlaf zu neuem Leben erwachte. Die Welt wurde wieder grün. Nur in seinem Zimmer war nichts davon zu spüren. Er war gefangen.

Das Geräusch der Patientenklingel trieb ihn in den Wahnsinn. Es gab kein Entrinnen vor ihm. Selbst gute alte Hausmittel wie Ohropax verfehlten hier die Wirkung. Man konnte dem Ton nicht entkommen.

Das Geräusch erinnerte ihn an seine Kindheit. Als er noch viel jünger war, hatte er etliche Urlaube mit seinen Eltern an der Nordsee verbringen müssen. Wenn es dort neblig war, und es war oft neblig dort, konnte man das Nebelhorn vom Hafen her hören. Dieses dumpfe, immer wiederkehrende, viele Sekunden anhaltende „Tuuuuut"! In den Pausen zwischen den Signalen wartete man förmlich auf das nächste „Tuuuuut". In diesen Nächten hatte er so gut wie nicht schlafen können. Sie waren schrecklich und nahmen kein Ende. Er hatte wach gelegen und sich von der einen auf die andere Seite gewälzt. Immer wieder und wieder. Jetzt konnte er nicht einmal das, weil sein rechtes Bein sich nicht bewegen ließ.

„Ob es genauso ist, wenn man tot ist?" sagte er und verwarf gleich darauf den Gedanken. Er wollte es gar nicht wissen.

Er inspizierte das Schälchen, das die wortlose Schwester in der Nacht auf sein Tischchen gestellt hatte. Es war ein rechteckiges Plastikteil mit vier Kammern. Auf der ersten stand oben „Morgen" und unten „Morning", auf der zweiten oben „Mittag" und unten „Noon", auf der dritten oben „Abend" und unten „Evening", auf der vierten oben „Nacht" und unten „Night". Der untere Teil des Rechteckes war weiß und undurchsichtig. Der obere Teil war durchsichtig, ebenfalls aus Plastik und konnte über den unteren Teil geschoben werden. In einigen der Kammern entdeckte er etwas: In der „Morgenkammer" befanden sich eine kleine weiße Tablette und ein Dragee. Dasselbe enthielt die „Abendkammer". Die „Mittagskammer" war nur mit einer weißen Tablette befüllt und die „Nachtkammer" schließlich war leer.

„Ja", dachte er, „interessant."

Er hatte keine Ahnung wofür oder wogegen der Inhalt sein sollte, aber er vermutete, daß er ihn zu den angegebenen Zeiten in irgendeiner Art und Weise zu sich nehmen sollte. Er beschloß, auf die nächste Störung durch eine der Schwestern zu warten und der Sache dann auf den Grund zu gehen.

Die Vögel sangen noch immer und inzwischen war es helllichter Tag draußen.

Es wunderte ihn, daß sein rechtes Knie so wenig schmerzte. In seinen Gedanken wollte er aufstehen und davongehen. Irgendetwas aber mußte sein, sonst gäbe es da keinen Verband und keinen Schlauch und es wäre nicht immer wieder betont worden, daß er das rechte Bein nicht belasten darf. Fragen über Fragen und keine Antworten.

Um 7.25 Uhr betraten Schwester Inga und Schwester Nicole sein Krankenzimmer.
„Guten Morgen, ich bin Schwester Inga!" sagte Schwester Inga.
„Und ich bin Schwester Nicole!" sagte Schwester Nicole.
Schwester Inga und Schwester Nicole waren jünger als Schwester Marion und, sie waren freundlich und lächelten.
Also lächelte auch er und erwiderte das „Guten Morgen!" mit einem:
„Guten Morgen!"
Er faßte sogar den Mut, die Schwestern zu fragen, was sie nun tun wollten:
„Blutdruck, Temperatur, Puls und eine Trombosespritze", sagte Schwester Inga.
„110 zu 70" sagte Schwester Nicole.
„Gut", erwiderte Schwester Inga und trug den Wert in eine Liste ein.
„88", rief Schwester Nicole und wieder wurde der

Wert von Schwester Inga in die Liste eingetragen.

„35,8.“

Es wird eingetragen.

„So, nun noch die Spritze“, Schwester Inga sah den Patienten an: „am liebsten in den Bauch!“

Es war ihm egal, also in den Bauch.

„Ist mir recht“, sagte er.

Es war eine angenehme Spritze, von der man fast gar nichts gemerkt hat.

„Und was passiert jetzt?“ fragte er, all seinen Mut zusammen nehmend.

„Erst kommt der Arzt“, sagte Schwester Inga, „dann wird der Schlauch gezogen, es gibt einen neuen Verband, der Krankengymnast kommt und übt mit Ihnen. Sind Sie gestern schon aufgestanden?“

„Nein.“

„Dann nicht alleine, das erste Mal, bitte. Da hilft Ihnen jemand dabei.“

„Gut.“

„Sollen Sie heute entlassen werden?“

Seine Augen begannen bei dem Wort „entlassen“ zu leuchten:

„Das hatte man mir so gesagt. Wenn alles gut verlaufen ist.“

„Dann wird nachher der Schlauch entfernt, das Bein neu verbunden und der Krankengymnast wird Ihnen alles zeigen“, wiederholte Schwester Inga.

„Danke.“

Schwester Ingas Blick fiel auf das Rechteck auf seinem Tischchen:

„Hat man Ihnen gesagt, wie die zu nehmen

sind?"

Er schüttelte den Kopf:

„Weder das, noch wofür oder wogegen sie sind!"

„Na gut", sagte Schwester Inga, „die runden sind gegen Schmerzen und die länglichen für den Magen."

„Den Magen?"

„Für die Schleimhaut, daß die nicht so angegriffen wird durch die Schmerztabletten." Sie schaute auf die runden Tabletten: „Diese sind nicht so stark, aber es gibt andere!"

„Und die Schmerztabletten muß man nehmen, auch, wenn man keine Schmerzen hat?"

„Es ist besser, aber Sie müssen nicht. Der Doktor möchte, daß seine Patienten alle einen bestimmten Level haben. Das findet er besser. Wenn Sie aber meinen, die brauchen Sie nicht, oder eine weniger, dann lassen Sie sie einfach weg."

Jetzt wurde noch schnell die Flasche für die gelbe Körperflüssigkeit gewechselt und dann verabschiedeten sich Schwester Inga und Schwester Nicole auch schon wieder.

Es ging ihm etwas besser: Vielleicht, ja wahrscheinlich sogar, wurde er schon heute wieder entlassen und die Tabletten mußte er auch nicht nehmen, wenn er nicht wollte.

Es war 7.53 Uhr. Die Zeit wollte und wollte nicht vergehen. Vor dem Fenster regnete es. Der Sturm hatte ein wenig nachgelassen, aber der schwach bläuliche Himmel vom frühen Morgen war nun ziemlich grau. Ein nicht zu starker aber sehr gleichmäßiger Regen fiel ununterbrochen sehr leise auf den Rasen und die Bäume vor dem Fenster. Er war müde. Oder eher abgespannt. Die kurzen Schlafphasen der Nacht hatten ihm nicht die rechte Erholung gebracht. Die Störungen waren zu vielfältig und die Bewegungseinschränkung zu groß dazu gewesen. Er fühlte sich schlechter als am Tage zuvor.

Er wartete auf das Frühstück. Erstens hatte er seit nunmehr fast 24 Stunden nichts mehr gegessen, abgesehen von den vier Scheiben Zwieback mit etwas Butter nach der Operation, und zweitens hatte er beschlossen, seine Morgentabletten zu nehmen. Durch nichts hätte er seine Entlassung gefährden wollen. Zu starke Schmerzen bei den ersten Gehversuchen hätten vielleicht dazu führen können, seinen Aufenthalt übermäßig zu verlängern.

Er war schon einmal in einem Krankenhaus. Das war vor einigen Jahren. Damals hatte er eine ganze Woche bleiben müssen, die Operation hatte im Kopfbereich stattgefunden. Das war viel unangenehmer als die jetzige Situation. Trotzdem hatte er am Ende die Stunden, ja die Minuten bis zu seiner Entlassung gezählt. Er war sich wie ein entlassener Häftling vorgekommen, hinter dem sich die Tore des Gefängnisses geschlossen haben und der nun wieder die Luft atmen kann als ein freier Mann. Obwohl, er wußte nicht wirklich, wie sich ein entlassener Häftling fühlte. Und ehrlich gesagt, wollte er es auch gar nicht wissen. Aber, es mußte wohl so ähnlich sein irgendwie.

So gesehen, war seine jetzige „Haft" ein Kinderspiel gegen die vorherige – was waren schon zwei Tage gegen sieben! Beruhigen konnte ihn dieser Gedanke jedoch nicht. Der graue Himmel und der Regen heiterten ihn auch nicht auf.

„Und wenn die Sonne schiene?" sagte er. Ja, das wäre doch noch viel, viel schlimmer! Draußen ein herrlicher Tag mit blauem Himmel, angenehmen Temperaturen, ein Wetter zum Verlieben und er gefangen in diesem offenen Sarg! Eigentlich war die aktuelle Wetterlage für seinen jetzigen Aufenthaltsort sehr gut geeignet. Aber nur eigentlich. Und eigentlich gibt es kein eigentlich.

Er blickte auf die Uhr auf seinem Tischchen: 8.08 Uhr. Noch immer kein Frühstück, noch immer grauer Himmel, noch immer Regen und noch immer graue Gedanken! Die Verteilung der Tabletten hatte seine ohnehin nicht sehr schlafreiche Nachtruhe um 5.45 Uhr beendet.

„Warum?" fragte er sich.

Wahrscheinlich gab es dafür organisatorische Gründe, die er als Außenstehender nicht nachvollziehen konnte. Es gab immer organisatorische Gründe, die man als Außenstehender nicht nachvollziehen konnte. Auch bei ihm in der Firma gab es die. Und trotzdem er dort direkt mit ihnen konfrontiert wurde, konnte er nicht nachvollziehen, warum sie nicht nachvollziehbar waren. Es gab sie jedenfalls und er konnte nichts daran ändern. Es war wohl so ähnlich wie mit dem „Gleich".

Um 8.30 Uhr war es soweit: Die Tür wurde wieder aufgerissen und zwei Schwestern betraten das Krankenzimmer. Ob es Inga und Sabine oder Anna und Monika oder etwa Monika und Inga oder Sabine und Anna oder vielleicht doch Sabine und Monika oder Inga und Anna waren, konnte er nicht sagen. Er hatte die Übersicht verloren. Es war ihm auch egal.

„Was darf es denn für Sie sein?" fragte eine der Schwestern.

„Was gibt es denn?" sagte er, obwohl er wußte, daß es nicht höflich war, eine Frage mit einer Gegenfrage zu beantworten. Er wußte aber auch, daß es genauso unhöflich war, eine Zimmertür zu öffnen, ohne vorher anzuklopfen.

„Wir haben Brötchen, normale Brötchen, Vollkornbrötchen, Marmelade, Aufschnitt, Käse", zählte die Schwester auf.

„Brötchen", sagte er.

„Zwei?"

„Ja."

„Und dazu?"

„Danke!"

„Aufschnitt?"

„Nein, danke!"

„Oder Käse?"

„Nur Brötchen."

„Nichts dazu?"

„Vielleicht Butter", sagte er, um der Fragerei ein

Ende zu bereiten.

Die Schwester lächelte:

„Na also!" sagte sie „und eine Zeitung?"

Er bekam zwei Brötchen und Butter und eine Zeitung. Und er bekam ein gekochtes Ei und einen Pott mit Kaffee und zwei kleine Plastikteile mit Kaffeesahne. Keinen Zucker. Keine Frage:

„Wie mögen Sie Ihren Kaffee?"

Die beiden Schwestern verließen das Zimmer mit einem:

„Guten Appetit!"

Er war wieder allein und widmete sich seinem Frühstück. Der Kaffee schmeckte fürchterlich ohne Zucker, fand er. Dafür eignete er sich wunderbar, um die Brötchen darin aufzulösen. Die Butter ließ er in der Schublade seines Tischchens verschwinden.

Um 8.50 Uhr wurde die Tür des Zimmers erneut aufgerissen. Eine ihm bisher unbekannte Schwester betrat das Zimmer, gefolgt von einem Herrn mittleren Alters. Ohne irgendeine Art Notiz von ihm zu nehmen, führte sie den anderen Herrn zu dem Bett, das an der Tür stand.

„Das ist ihr Bett, Herr Möllner", sagte sie „und das", sie zeigte auf die linke der beiden Schranktüren, „das ist ihr Schrank. Richten Sie sich ein, es geht dann gleich los."

Da war es wieder, das „Gleich". Die Schwester verschwand und Herr Möllner hatte sich kaum vorgestellt, da war es für dieses Mal vorbei, das „Gleich". Eine andere Schwester betrat den Raum:

„Herr Möllner?" sagte sie und schaute überrascht: „Sie sind ja noch gar nicht fertig!"

Dann verließ sie kopfschüttelnd den Raum und keine Minute später war die erste Schwester wieder da. Sie hielt eine Mappe in der Hand. Er wußte, was Herrn Möllner nun erwartete.

„So, Sie sind ja noch nicht umgezogen! Na, machen Sie mal, ich stelle ihnen inzwischen ein paar Fragen!"

Dann stellte sie die Fragen, die Schwester Marion ihm auch gestellt hatte. Sie stellte sie in derselben freundlichen und interessierten Art, in der es auch Schwester Marion getan hatte. Danach forderte sie den neuen Mitpatienten auf, sich auf das Bett zu legen:

„Wir müssen uns beeilen, die warten schon auf Sie!"

Kaum hatte sich Herr Möllner auf sein Bett gelegt, wurde er auch schon aus dem Zimmer geschoben.

„Soweit also zur Dauer von Gleich!" sagte er und begann, die Zeitung zu lesen, die man ihm zum Frühstück gereicht hatte.

Er hatte sehr viel Zeit für diese Zeitung. Er konnte sich nicht daran erinnern, je eine Zeitung so lange gelesen zu haben.

Unterbrochen wurde er nur durch die wiederholten Besuche von der einen oder anderen Schwester. Da gab es zum Beispiel neues Eis für sein Knie:

„Neues Eis für ihr Knie!" sagte die Schwester

und entfernte den alten Eisbeutel, um ihn durch den neuen zu ersetzen.

Es war 10.23 Uhr und noch immer hatte sich kein Arzt bei ihm sehen lassen:

„Äh, eine Frage", sagte er vorsichtig, „Können Sie mir sagen, wann der Arzt kommt?"

Sie zuckte mit den Schultern:

„Die Ärzte machen ja, was sie wollen und nicht, was ich will!" sagte sie beim Verlassen des Zimmers.

Um 11.15 Uhr betrat das Putzteam, bestehend aus einer Person, das Zimmer. Die intensiven Bemühungen waren nach zwei Minuten beendet und die Dame wieder verschwunden. Doch war er nicht allein: Im selben Moment, in dem die Putzkolonne das Zimmer verließ, betrat es eine andere Mitarbeiterin, die ihm wortlos und ungefragt eine neue Flasche Mineralwasser auf sein Tischchen stellte. Die dort befindliche Flasche wurde entfernt.

„Danke", sagte er und vertiefte sich wieder in die Lektüre seiner Tageszeitung.

Keine 20 Minuten später wurde die Zimmertür erneut aufgerissen.

„Das ist ja wie im Taubenschlag hier!" sagte er.

„So, Herr Möllner, da wären wir", sagte die Schwester, die den schlafenden Herrn Möllner auf seinem Bett in das Zimmer bugsierte. „Nun schlafen wir mal schön und nachher sehe ich wieder nach ihnen!"

Daß der schlafende Herr Möllner sie wohl nicht

hörte, interessierte die Schwester nicht. Sie lächelte und beim Verlassen des Zimmers löschte sie die Deckenbeleuchtung. Das störte Anton in keiner Weise, da sich auf seinem Tischchen eine kleine Lampe befand, deren Licht viel angenehmer war für seine Augen, als das helle Neonlicht der Deckenleuchten. Er hatte es sich diesmal verkniffen, nach einem Arzt zu fragen. Draußen regnete es noch immer.

Das tat es auch noch eine Stunde später. Ein Arzt hatte sich noch immer nicht blicken lassen und Herr Möllner schnarchte sanft vor sich hin. Er wurde langsam unruhig und diese Unruhe steigerte sich noch weiter, als einige Minuten später das Mittagessen in den Raum rollte. Es war nicht das Essen, das er am Vortag bestellt hatte, aber es war wahrscheinlich ebenso geschmacklos, wie es das andere gewesen wäre.

„Einen guten Appetit!" wünschte die Schwester und setzte ein strahlendes Lächeln auf.

„Danke", sagte er, „werde ich haben, aber ich hätte mich mehr darüber gefreut, wenn Sie ein Arzt gewesen wären!"

Die Schwester sah ihn fragend an und verließ kopfschüttelnd mit ihrem Rollwagen das Zimmer. Herr Möllner hatte kein Essen erhalten.

Als nach einer Stunde das Geschirr wortlos aber geräuschvoll abgeholt wurde, hatte sich noch immer weder ein Arzt noch ein Physiotherapeut bei ihm sehen lassen. Die Zeitung hatte er inzwischen das zweite Mal gelesen. Der Regen fiel ununterbrochen vom grauen Himmel. Seine Stimmung sank mit jeder Minute weiter. Er hätte nicht gedacht, daß das überhaupt noch möglich gewesen wäre. Aber das war es.

Ein Scheppern ließ ihn die Augen öffnen. Einen kurzen Augenblick wußte er nicht, wo er sich befand. Aber es dauerte keine zehn Sekunden, da erinnerte er sich: Krankenhaus! Er war im Krankenhaus. Ein Blick auf seine Uhr verriet ihm, daß er fast eine Stunde geschlafen zu haben schien.

Er suchte nach der Quelle des Schepperns und entdeckte sie am Nachbarbett:

„Na, Herr Möllner, endlich wach?" sagte die Schwester, die sich über sein Bett und ihn gebeugt hatte, „ist alles in Ordnung?"

„Schmerzen!" sagte Herr Möllner, „ich habe Schmerzen!"

„Ja, das ist normal", sagte die Schwester, „soll ich ihnen was dagegen bringen?"

„Ja", sagte Herr Möllner kurz und stöhnte weiter.

Herr Möllner schien große Schmerzen zu haben. Anton atmete tief durch. Er war zufrieden, daß es ihm scheinbar besser ergangen war, zumindest in diesem Punkt konnte er nicht klagen. Die Tablette hatte er nur prophylaktisch genommen. Seine Schmerzen hielten sich in Grenzen und waren durchaus erträglich. Viel mehr Kopfzerbrechen bereitete ihm die Abwesenheit des Arztes. Es war Kaffeezeit und noch immer hatte sich niemand bei ihm sehen lassen. Er beschloß, noch einmal nachzufragen.

Als die Schwester Herrn Möllner seine Tabletten gebracht hatte, wandte sie sich ihm zu:

„Na, einen Spritzkuchen und einen Kaffee?" sagte sie fröhlich.

„Ja, gerne."

„Na, das will ich doch meinen!" sie lächelte und stellte ihm das Gewünschte auf sein Tischchen. „Lassen Sie es sich schmecken!" sagte sie noch und wollte dann den Raum wieder verlassen.

„Eine Frage noch!" rief Anton ihr hinterher.

Sie verharrte in der Bewegung und drehte ihren Kopf in seine Richtung:

„Ja, bitte?" fragte sie in einer Stimmhöhe, die in etwa sagte: „Was ist denn noch?"

„Man hatte mir gesagt, daß der Arzt zu mir kommt heute."

„Und er war noch nicht da?"

„Nein."

„Dann kommt er bestimmt noch!"

„Das sagt man mir seit heute früh! Wann etwa wird das denn sein?"

„Das kann ich nicht sagen. Der Arzt macht Visite und da geht er von einem Zimmer zum anderen. Wie lange das dauert, das ist immer unterschiedlich. Da ist es schwer, eine genaue Zeit zu sagen und, na ja…", sie zuckte mit den Schultern und wandte sich zum Gehen.

„Ja, ich weiß", sagte Anton zu sich, „ich bin kein Arzt und die Ärzte machen, was sie wollen! Sehr hilfreich, wirklich sehr hilfreich!"

Dann wandte er sich seinem Spritzkuchen zu und gab jegliche Hoffnung auf, an diesem Tage noch einem Arzt zu begegnen, geschweige denn einem Physiotherapeuten!

Es war um die Zeit des Abendessens, als ein Herr mit weißem Kittel das Krankenzimmer betrat. Er erkannte in dem Herrn seinen Arzt. Antons Augen begannen zu leuchten. Er richtete sich auf und begrüßte den Arzt freundlich und hoffnungsvoll:

„Endlich! Ich hatte die Hoffnung schon aufgegeben", sagte er.

„Welche Hoffnung?" fragte sein Arzt.

„Die Hoffnung darauf, heute noch einen Arzt zu sehen und aus diesem Bett rauszukommen!"

„Na, das wird wohl auch nichts", dämpfte der Arzt Antons Euphorie, „Sie werden wohl noch eine Nacht bleiben müssen, mindestens."

„Noch eine Nacht? Und, was heißt mindestens? Sie haben doch gesagt, daß ich heute raus kann, wenn alles gut gelaufen ist!" Antons Stimme überschlug sich fast.

„Nun bleiben Sie mal ganz ruhig, wir werden sehen."

Der Arzt schaute sich das Bein an und warf einen Blick auf das Blut in dem Plastiksack.

„Das sieht ganz gut aus", sagte er.

„Dann kann ich gehen?" Anton schöpfte neue Hoffnung.

„Morgen vielleicht. Bleiben Sie noch eine Nacht, das halte ich für besser. Ich komme morgen vorbei und dann sehen wir mal."

„Das gefällt mir gar nicht!"

„Sie wollen doch die Heilung nicht verzögern, oder?" Der Arzt sah Anton mit einem durchdringenden Blick an.

Nein, das wollte er natürlich nicht. Er wollte die Heilung um keinen Preis gefährden. Also lächelte Anton und willigte unwillig ein, noch eine weitere Nacht in diesem Zimmer zu verbleiben.

„Na, sehen Sie, es geht doch!" sagte der Arzt lächelnd, „nutzen Sie die Nacht, um noch einmal richtig auszuschlafen!"

„Ja, das werde ich!" sagte Anton und dachte an das Geräusch der Patientenklingel.

Das Summen war sehr laut. Es war überall um ihn herum. Es kam von den Flügeln, diesen riesigen, roten Flügeln. Es war ihm, als wenn er ihre Berührung auf seinem Körper fühlen konnte. Noch war er sicher in seinem Unterschlupf, aber es war nur eine Frage der Zeit, bis sie ihn gefunden hatten und ihn vernichten würden.

Als er sich aufmachte, um den Roten entgegen zu treten, hatten alle nur gelacht. Sie glaubten ihm nicht. Sie hielten ihn für einen Spinner. War er der Einzige, der die Gefahr sehen konnte, waren die anderen alle blind? Das hatte er sich immer und immer wieder gefragt. Er war zu dem Ergebnis gekommen, daß es Angst war, die die anderen dazu brachte, die Existenz der großen roten Wesen zu leugnen. Sie versuchten dadurch, sich zu schützen. So oft er versucht hatte, ihnen klar zu machen, daß dieses Ignorieren keinen wirklichen Schutz vor ihnen bot, daß das Verleugnen der Gefahr nicht zu ihrem Verschwinden führte, hatten sie ihn ausgelacht oder versucht, zu beruhigen.

„Ja, ja, du und Deine roten Tiere! Was fressen sie denn so? Vielleicht fütterst du sie nicht genug!"

„ Ja, gib ihnen doch mehr zu fressen, dann lassen sie uns in Ruhe!"

Sprüche dieser Art hörte er immer wieder und am Ende hatte er es aufgegeben, dagegen anzukämpfen. Er hatte beschlossen, der Gefahr auf eigene Faust und alleine entgegen zu treten. Er wollte seine Freunde und alle anderen retten. Vor einer Gefahr retten, derer sie sich überhaupt nicht bewußt waren. Die sie eines Tages überrollen würde, wenn er dies nicht verhindern konnte. Er mußte sie stoppen, bevor es zu spät war. So war er aufgebrochen. Er hatte niemandem etwas von seinem Vorhaben gesagt. Warum hätte er dies auch tun sollen? Sie hielten ihn sowieso für verrückt.

Als die Zeit gekommen war, hatte er verbreiten lassen, daß er auf eine Geschäftsreise geht. In Wirklichkeit hatte er sich in seine Wohnung zurück gezogen. Von hier gab es ein Portal, durch das er in die Welt der Roten gelangen konnte. Nur dort konnte er sie wirkungsvoll bekämpfen. Nur dort konnte er sie vernichten. Er mußte an den Ort ihres

Ursprungs um sein Werk vollbringen zu können. Niemand würde ihn vermissen. Er hatte alles sorgfältig vorbereitet. Er hatte sich selbständig gemacht, das erleichterte ihm sein Vorhaben. Es gab keinen Arbeitgeber, der nach ihm suchte. Seine Frau hatte ihn vor langer Zeit verlassen und Kinder hatte er keine mehr. Da war nur seine Enkelin, aber die war noch zu klein, um alles zu begreifen. Er hatte sie bei guten Bekannten untergebracht. Sie war dort schon oft gewesen, wenn er auf Geschäftsreisen gehen mußte oder sein Gesundheitszustand sich wieder einmal so verschlechtert hatte, daß ein Aufenthalt in der Klinik unumgänglich wurde. Er wußte sie in Sicherheit für den Moment. Und damit das auch so blieb, mußte er sein Werk vollenden. Er mußte die Brutstätte der Roten vernichten.

Noch waren sie nicht stark genug, um durchgehend in dieser Welt zu verweilen. Sie mußten in ihre eigene zurück, um sich zu regenerieren. Mit jedem Besuch aber wuchs ihre Stärke und es konnte nicht mehr all zu lange dauern, bis sie stark genug waren, um nicht mehr zurückkehren zu müssen. Dann war es zu spät. Die Zahl ihrer Besuche in seiner Welt wurde immer häufiger und sie dauerten immer länger. Daran merkte er, daß ihm nicht mehr viel Zeit geblieben war.

Nun war er unterwegs und es gab kein Zurück mehr. Wieder donnerten die Roten über sein Versteck und wieder spürte er die erdbebengleichen Aufschläge, wenn sie sich auf einen der Grünen gestürzt hatten. Gewiß, auch die Grünen waren mächtig, aber sie waren zu Wenige. Das Gleichgewicht war ab dem Moment gestört, als die Roten den Weg in seine Welt gefunden hatten. Dort mußte es etwas geben, das ihnen die Macht gab, in ihrer Welt die Oberhand zu gewinnen. Bevor sie das Portal gefunden hatten, lebten sie in einem weit entlegenen Teil ihrer Welt und es gab eine unsichtbare Mauer, die die Grünen errichtet hatten. Sie bestand aus einer besonderen Art Energie, die es den Roten fast unmöglich machte, sie zu überwinden. Sollte es doch einmal einem der Roten gelungen sein, wurde er schnell von den Grünen aufgespürt und vernichtet. Jetzt war das alles anders. Das Gleichgewicht war gestört. Die Grünen kämpften um ihr Überleben gegen eine Übermacht, die sie alleine nicht mehr bezwingen konnten. Sie waren auf seine Hilfe angewiesen. Nur er vermochte, die Roten wieder in ihre Verbannung zurück zu schicken.

Im Augenblick war er weit davon entfernt, sein Ziel zu erreichen. Im Gegenteil: Es sah eher danach aus, als wenn dieses Versteck auch seine letzte Ruhestätte zu werden schien.

Er wußte nicht, wie lange er in diesem Loch gesessen hatte, als die Kampfgeräusche plötzlich verschwanden. Es war unheimlich ruhig draußen. Er schaute durch den Spalt im Deckel seines Versteckes: Es war dunkel, er konnte nichts erkennen. Aber schon die Tatsache, daß er nichts hören konnte, stimmte ihn positiv. Das bedeutete, daß die Roten verschwunden waren. Sie hatten sich zurückgezogen. Für den Augenblick jedenfalls. Was auch immer sie dazu bewogen haben mochte. Es war unnütz, darüber nachzudenken. Er mußte jetzt schnell handeln. Das tat er auch: Er warf den Deckel mit einem Schwung in die Höhe und sprang aus seinem Loch.

Ohne lange zu überlegen, lief er in die Richtung des dunklen Waldes. Er mußte ihn durchqueren, um auf der anderen Seite in das Ursprungsgebiet der Roten zu gelangen. Was ihn dort erwartete wußte er nicht. Es war ihm auch gleichgültig. Ein Zurück gab es nicht mehr.

„Anton, was sollen wir nur tun?" Die Stimme seiner Frau wurde fast durch die Tränen erstickt, die ihr unaufhörlich über das Gesicht liefen.

„Bleib´ ganz ruhig, Rosi, ganz ruhig. Es wird alles gut!" Er versuchte, sie etwas fester an sich zu drücken.

„Ruhig bleiben? Ich soll ruhig bleiben!" sie befreite sich aus seiner Umarmung.

„Was ist, Rosi?" Überraschung lag in seiner Stimme.

„Was ist?" schrie sie, „Du fragst, was ist?"

„Ja, frage ich", sagte er, noch immer ruhig.

„Ruhig bleiben! Alles wird gut! Das ist so typisch für dich!"

„Rosi, sei doch vernünftig!"

„Ja, vernünftig sein! Ich soll vernünftig sein. Du bist immer so vernünftig, nicht? Gerade du!"

„Rosi, es ist unsere Tochter."

„Ja, unsere Tochter, Anton, UNSERE!"

„Jetzt reiß´ dich zusammen!"

„Ich will mich nicht zusammenreißen! Das habe ich lange genug getan!"

„Du wirst unsachlich."

„Ich werde nicht unsachlich, du bist gefühlskalt!"

„Ich? Jetzt geht das wieder los! Nur, weil ich nicht hysterisch in der Gegend rumlaufe, weil unsere Tochter ins Krankenhaus muß?"

„Nein, weil es dich nicht interessiert, daß sie ins Krankenhaus muß! Und was heißt hier: Jetzt geht das wieder los! Du kannst keinerlei Kritik vertragen, das ist es!"

„Wie kannst du das sagen!"

„Ich kann das sagen, weil es so ist!"

„Du bist aufgebracht."

„Ja, das bin ich. Ich frage mich, was mich mehr aufregt, daß Lisa ins Krankenhaus kommt oder weil du dich so bescheuert verhältst!"

„Ich? Ich verhalte mich, wie? Das ist doch die Höhe! Ich bin hier ganz ruhig angekommen, wirklich, ich war ganz ruhig!"

„Ja, du bist immer ganz ruhig, wenn es nicht um dich geht!"

„Ich mache mir mindestens genauso viel Sorgen um Lisa wie du. Wahrscheinlich sogar noch mehr!"

„Und wo warst du dann, als sie dich gebraucht hat? Wer hat sie denn aus dem Wasser gezogen? Du etwa!"

„Du warst bei ihr, Rosi. Ich wußte doch gar nicht, was passiert ist!"

„Eben! Das ist es ja: Du wußtest es nicht! Du warst nicht da! Da ist es natürlich einfach zu sagen: Du warst bei ihr! Also, hast du dich auch zu kümmern. Das willst du mir doch damit sagen!"

„Red´ keinen Unsinn!"

„Das ist kein Unsinn! Hättest du mal mehr Zeit für dein Kind, dann wäre das gar nicht passiert!"

„Das ist doch Schwachsinn!"

„Das ist die Wahrheit!"

„Sie wollte mit dir ins Wasser, nicht mit mir."

„Und, warum wohl?"

„Na, warum?"

„Weil sie spürt, daß du kein Interesse an ihr hast!"

„Es reicht, Rosi. Du weißt, daß ich meine Tochter liebe."

„Das zeigst du ihr aber sehr schlecht!"

„Sie weiß es und ich zeige es ihr! Wenn ich mit ihr am Wasser gewesen wäre, dann wäre das jedenfalls nicht passiert!"

„Wie? Heißt das, ich bin schuld an dem, was mit ihr passiert ist?"

„Wenn du es so sagen willst!"

„Das nimmst du zurück!"

„Wer hat sie denn aus den Augen verloren?"

„Du wußtest doch nicht einmal, daß sie im Wasser ist!"

„Aber du warst bei ihr!"

„Ja, aber du hättest bei ihr sein müssen!"

„Hätte! War ich aber nicht! Du warst da!"

„Und, ich habe sie gerettet!"

„Nachdem du sie erst in Gefahr gebracht hast!"

„Sie wäre ertrunken ohne mich!"

„Sie wäre erst gar nicht in diese Situation gekommen ohne dich!"

„Wenn du dich mehr gekümmert hättest, dann…"

„Entschuldigung, sind sie die Eltern des kleinen Mädchens?"

Die Stimme kam von einem Mann in der Uniform eines Rettungssanitäters. Anton und seine Frau schauten den Mann an.

„Wie geht es ihr?" fragte Rosi.

„Sie hat es nicht geschafft, es tut mir leid", sagte der Mann und senkte seinen Blick.

Rosi schaute Anton ins Gesicht und folgte dem Mann zu dem Rettungswagen. Es war das letzte Mal, daß Anton seine Frau sah.

Der Charme eines Plattenbaues der späten Siebziger Jahre umfing ihn auch an diesem Morgen, als er sich dem Gebäude näherte. Es lag auf einem sehr großen Grundstück mit vielen alten Bäumen. Außer seinem Gebäude gab es noch eine Reihe anderer. Sie alle hießen „Häuser". Es gab „Haus 1", „Haus 2" usw. Sein Haus hatte die Nummer 12. Je nach der Schwere der Erkrankung wurde man in eines der Häuser aufgenommen. Er hatte Glück gehabt: Das Vorgespräch hatte ergeben, daß er sich nur tagsüber hier aufhalten mußte. Abends konnte er nach Hause zurückkehren. Er war sich nicht sicher, ob das nun zu seinem Vorteil war oder nicht. Einerseits fühlte er sich nicht besonders wohl in seinem Haus, andererseits war er hier zumindest nicht allein. Es gab andere Menschen. Menschen, die so dachten wie er. Menschen, die sie auch gesehen hatten, die Roten. Es waren Menschen, die ihn verstanden, die ihm glaubten. Sie hatten dieselben Erfahrungen gemacht. Sie hatten alle gelernt, daß man ihnen „draußen", so nannte man hier alles außerhalb des Hauses, nicht glaubte. Man verstand sie nicht und sie wurden abgelehnt, wenn sie von ihren Ängsten sprachen und den Gefahren, die überall lauerten. Niemand wollte ihre Warnungen hören. Die Menschen draußen waren blind für das, was ihnen bevorstand.

Es war sein zweiter Morgen in Haus 12. Der erste war angefüllt mit Erwartungen, Hoffnungen und sehr vielen Ängsten. Die meisten dieser Ängste waren ihm im Laufe des Tages genommen worden. Seine Erwartungen waren sehr hoch und seine Hoffnungen schienen bestärkt worden zu sein. Er mußte nun unter Beweis stellen, daß er hier, in der Nummer 12, richtig war. Er mußte zeigen, daß er nicht in eines der anderen Häuser gehörte. Er mußte sich Mühe geben und mitarbeiten. Im anderen Fall drohte ihm das Schicksal, das schon viele andere vor ihm erfahren hatten: Sie wurden verlegt in eines der geschlossenen Häuser. Sie hatten es versäumt, zu kooperieren, sich geweigert, Fortschritte zu machen. Er wollte und er mußte Fortschritte machen. Er mußte Kraftreserven aufbauen für seinen Kampf gegen die Roten. Er mußte um jeden Preis Fortschritte machen. Es ging um seine Existenz. Mehr noch, es ging um sein Leben und um das Leben Unzähliger weiterer Menschen. Er überlegte einen kurzen Moment, wie er in diese Situation geraten war, warum er sich hier und nicht an seinem Arbeitsplatz befand. Er hatte sich lange dagegen gewehrt, hierher zu gehen. Aber am Ende hatte man ihm keine Wahl mehr gelassen. Sein Arzt hatte ihm sehr deutlich gemacht, daß es keine andere Möglichkeit für ihn gab. Nun schritt er also auf das Gebäude zu, das für die nächsten Monate für ihn zu einer Art zu Hause werden sollte.

Er öffnete die Glastür und betrat den kleinen Vorraum. Gleich dahinter befand sich eine Art große Nische. An den Wänden der Nische standen etwa zwanzig Metallschränke. Metallschränke, wie man sie aus Schwimmbädern oder vom Arbeitsplatz kennt. Er stand nun vor seinem Schrank. Jeder Aufgenommene hatte einen eigenen, kleinen Schrank für die täglichen Notwendigkeiten und die persönlichen Sachen zugewiesen bekommen. Man legte nach dem Betreten des Hauses alles in den Schrank, was man im Laufe des Tages nicht benötigte oder nicht benötigen durfte. So waren Telefone grundsätzlich verboten. Der Kontakt mit der Außenwelt sollte unterbrochen werden. Nun, das störte ihn überhaupt nicht. Sein Kontakt zu dieser Außenwelt war ohnehin nur punktuell und im Laufe der letzten Jahre immer mehr zurück gegangen. Sein Kampf mit den Roten und seine Forschungen und Experimente dazu hatten sehr viel Zeit in Anspruch genommen. Auch tat er gut daran, seine wahre Tätigkeit vor der Außenwelt zu verbergen, da das Verständnis hierfür in den letzten Jahren dort nicht größer geworden war. Er konnte mit niemandem wirklich darüber reden. Einzig seine Enkeltochter schien zu ahnen, worum es in Wirklichkeit ging und welch wichtige Aufgabe ihm zugefallen war. Aber sie konnte nur selten zu ihm kommen. Sie führte ein eigenes Leben. Die seltenen Besuche waren immer ein besonderes Ereignis für ihn. Sie war die Einzige, der er von den Roten und ihrer geheimen Welt erzählen konnte, ohne daß er befürchten mußte, daß er verraten wurde. Das Risiko war immer groß, entdeckt zu werden. Dann war alles vorbei, dann gab es keine Rettung mehr. Dann waren alle verloren. Er und sein Tun mußten verborgen bleiben, bis er sein Ziel erreicht hatte.

Er steuerte die Sitzgruppe an, die sich im Eingangsbereich befand. Es war keine moderne Sitzgruppe und sie war auch nicht sonderlich bequem. Man durfte auf ihr nur sitzen. Er hatte in seinem Leben schon viele Sitzgruppen kennen gelernt, aber auf den meisten durfte man trotz des Namens auch liegen. Nicht auf dieser. Es war wirklich nur eine Sitzgruppe. Er setzte sich. Von hier hatte er den Vorraum mit den Schränken im Blick. In seinem Rücken befand sich die Wand des Hauses. Es war ein sicherer Platz. Hier war er vor Überraschungen sicher. Bisher hatte er zwar noch keine Roten im Haus gesehen, aber er war erst den zweiten Tag hier. Es war zu früh um sicher ausschließen zu können, daß das Haus frei von ihnen war. Er mußte auf jede Überraschung gefaßt sein. Er mußte vorbereitet sein für den Fall, daß sie plötzlich auftauchten. Die nächsten Monate sollte er hier die Tage verbringen. Am Tage war es hell. In der Helligkeit hatte er keine Angst. Die Dunkelheit fürchtete er. Und es war oft dunkel. Auch in dieser Welt. In der Welt der Roten wurde es nie richtig hell. Niemals. Er war immer öfter und immer länger in ihrer Welt. Das brachte seine Aufgabe mit sich. Er versuchte, sich so gut es ging an die Dunkelheit zu gewöhnen, aber es war ihm bisher nicht gelungen. Er hatte noch keinen Weg gefunden, sie zu besiegen.

„Einen Kaffee, ich brauche jetzt erstmal einen Kaffee!"

Antons Miene hellte sich auf. Er hatte wieder den halben Tag damit verbracht, an Wohnungstüren zu klingeln und Leute zu befragen. Er mußte erst einmal zur Ruhe kommen, um einen klaren Gedanken fassen zu können. Ihm war etwas eingefallen, ein Ort aus seiner Vergangenheit, der ihm ideal erschien, um für ein kleines Weilchen abzuschalten und seinen Kopf wieder frei zu bekommen.

Er lenkte seine Schritte in Richtung Stadtpark. Er kannte diesen Park aus seiner Kindheit wie seine Westentasche. Er genoß jeden Schritt, den er machte, als er ihn durchquerte. Obwohl es auch hier Veränderungen gegeben hatte, war doch alles fast noch genauso wie früher: Der Springbrunnen sprudelte noch immer so, als wenn der Wasserzufluß, der ihn spies, jeden Moment versiegen könnte und an den Teichen standen Mütter und Väter mit ihren Kindern, die die Enten mit Brot fütterten.

Dort hätte er auch stehen können, ging es ihm durch den Kopf. Ja, er hätte dort stehen können: Zusammen mit Evi und mit seinem Sohn! Er schob diese Gedanken schnell wieder von sich und setzte seinen Weg am alten Kanal entlang fort. Auf der anderen Kanalseite lag das alte Kraftwerk, das er zu seinen Grundschulzeiten bei einem Ausflug besucht hatte. Dann sah er auf seiner rechten Seite das große Krankenhaus, in dem er auch einmal Gast hatte sein dürfen. Er lächelte, aber das war eine andere Geschichte. Hier hatte Evi auch ihren Sohn geboren, seinen Sohn, ihren gemeinsamen Sohn. Anton atmete tief ein und beschleunigte seine Schritte.

Dann hatte er sein Ziel erreicht: Eine alte Villa in einem parkähnlichen Garten. Hier hatte es früher ein Café gegeben. Ein damals schon altmodisches Café, das noch aus der Kaiserzeit zu stammen schien. Es wurde vor allem von älteren Damen frequentiert. Er war dort einige Male mit seinen Großeltern gewesen und sich immer wie ein Fremdkörper vorgekommen.

Seine Stimmung besserte sich zusehends: Es gab dieses Café noch immer. Auch das Publikum schien sich nicht verändert zu haben: Es hätten dieselben älteren Damen sein können, die schon vor mehreren Jahrzehnten dort gesessen hatten. Aber die älteren Damen von damals waren fast alle tot und die, die er jetzt sah, waren die jungen Frauen seiner Kindheit.

„Manches bleibt, obwohl es sich ändert, doch immer gleich!" sagte er und lächelte: Er fühlte eine seltsame Verbundenheit mit diesen Menschen.

Er durchquerte den großen Innenraum und blickte auf den Garten. Anton wählte einen Tisch am Rande unter einer großen, alten Kastanie. Alles wirkte sehr vertraut. Ein Relikt vergangener Tage, in dem die Zeit stehen geblieben zu sein schien. Er gab seine Bestellung auf und lehnte sich zurück.

Anton schloß die Augen. Die Dunkelheit, die ihn nun umgab, tat ihm gut und für einen Moment spürte er seit langer Zeit wieder etwas wie Zufriedenheit und Glück.

Es war sehr spät. Er wußte nicht, wie spät es war. Er war müde. Sehr müde. Die Augen fielen ihm zu, wenn er sich nicht bemühte, sie gewaltsam offen zu halten. Er mußte wach bleiben, um jeden Preis. Der Ort, an den sie ihn gebracht hatten, war ein Ort, der gefährlich für ihn war. Wenn er einschlief, dann war er verloren. Das wußte er. Er durfte nicht einschlafen. Davon hing alles ab. Sie hatten ihm ein Mittel gegeben, das wußte er. Dieses Mittel machte ihn müde, sehr müde. Sie hatten es ihm schon oft gegeben. Er hatte es nie gewollt, doch er konnte sich nicht dagegen wehren. Er war zu schwach. Alle sagten, es wäre gut für ihn, er müßte es nehmen. Alle wollten nur das Beste für ihn. Ohne das Mittel ginge es ihm bald sehr schlecht. Das sagten sie. Er glaubte das nicht. Es war alles nur ein Vorwand, um ihn aus dem Verkehr zu ziehen. Er war gefährlich geworden für sie. Sie wollten ihn vernichten. Er mußte verschwinden. Das allein war der Grund, warum sie ihm das Mittel gegeben hatten und immer wieder gaben. Seine Frau hätte das verhindert. Aber sie war nicht da. Er wußte nicht, wo sie war. Sie hatten es verstanden, sie von ihm fern zu halten. Immer wieder hatte er nach ihr verlangt. Sie hatten ihm versichert, daß sie gleich käme, aber sie kam nicht. Sie kam niemals. Sie hatten ihn belogen!

Er wußte nicht, was er ihnen getan hatte. Er wußte nur, daß er etwas wußte, das er nicht wissen sollte. Das war genug, um ihn zu vernichten. Ja, sie wollten ihn vernichten. Sie wollten ihn verschwinden lassen. Das mußte er verhindern. Er wußte nicht, wie er das tun sollte. Sie waren zu viele und sie waren zu mächtig. Überall hatten sie ihre Leute. Jeder war verdächtig und er war allein auf sich gestellt. Er konnte niemandem vertrauen. Niemandem. Nicht einmal seinem Arzt. Einmal hatte er ihm von seinem Verdacht erzählt. Da hatte der Doktor so getan, als wenn er seiner Meinung wäre. Aber, er hatte ihm das Mittel gegeben! Er hatte ihn belogen und betrogen! Er gehörte dazu, das war ihm klar. Was also sollte er tun? Er konnte nichts tun, außer sich in sein Schicksal zu ergeben.

Langsam sank sein Kopf auf das Kissen und sein Körper entspannte sich. Er war eingeschlafen.

„Heinrich von Kleist" stand auf dem Grabstein.

Die einzelnen Buchstaben waren nur noch sehr schwer zu erkennen, die Farbe war abgeblättert und Moos wuchs in allen Ritzen. Hier hatte Kleist seine letzte Ruhe gefunden. Ein Stück weiter unten, am Wasser hatte er den Freitod gewählt. Heinrich von Kleist hatte sich erschossen. Er war jung, viel jünger als er.

Das war vor langer Zeit. Er wußte nicht, warum sich Kleist erschossen hatte. In der Schule hatten sie darüber gesprochen. Das war vor langer Zeit. Er hatte es vergessen. Jetzt, wo er sich an dieser Stelle befand, fragte er sich, warum er gerade diesen Ort aufgesucht hatte. Er hatte wohl gedacht, daß es ein guter Platz sei, um seinem Leben ein Ende zu bereiten. Er fragte sich, warum er das gedacht hatte: Er besaß nicht einmal eine Pistole. Selbst wenn er auf irgendeine Art in den Besitz einer Handfeuerwaffe gelangt wäre, hätte es ihn nicht viel weiter gebracht. Er hätte sich erst erklären lassen müssen, wie so ein Ding denn funktioniert. Er hatte in seinem Leben nichts mit Waffen dieser Art zu tun gehabt.

Was also sollte er jetzt tun? Sollte er hinunter zum Wasser gehen und sich in die Fluten werfen, die keine waren? Ein Tod durch Ertrinken war an dieser Stelle eher unwahrscheinlich. Das Wasser war viel zu ruhig und zu flach. Außerdem konnte er schwimmen. Er hätte sich mit einer Vielzahl von Steinen beschweren müssen, um sein Vorhaben in die Tat umzusetzen.

Sein Blick fiel wieder auf den Grabstein. Er lächelte: Er hatte die richtige Größe und das richtige Gewicht. Welche Ironie! Er sah die Schlagzeile vor sich:

„Mann raubt Grabstein von Kleist, um sich zu ertränken!"

Ein Zittern lief durch seinen Körper: Ein schauerlicher und erregender Gedanke zugleich.

Das Dumme an der Sache war nur, daß er, selbst wenn er es gewollt hätte, den Grabstein alleine keinen Zentimeter weit von seinem jetzigen Standort hätte fort bewegen können.

Vor ihm führten einige Stufen zu einer Rasenfläche, an deren Rändern links und rechts alte Bäume standen. Er schritt die Stufen langsam hinunter. Er stellte sich vor, es wären seine letzten Schritte auf dem Weg zum Schafott.

Als er die letzte Stufe hinab geschritten war, schaute er sich um. Links von ihm befand sich eine alte Bank. Er ging auf sie zu. Das Holz der Bank war noch feucht. Es war früh am Morgen. Die Sonne stand noch ganz flach am Himmel. Vogelgezwitscher war zu hören. Ansonsten war es still und er war allein. Er setzte sich auf die Bank. Durch seine Kleidung spürte er die Feuchtigkeit. Sie schien langsam an ihm empor zu kriechen. Er schloß die Augen. Die Dunkelheit war angenehm, sehr angenehm. Er wollte die Augen niemals wieder öffnen. Er wollte diese Dunkelheit in sich aufnehmen und nie wieder verlassen.

Die Sonne stand hoch am Himmel. Sie schickte ihre brennenden Strahlen auf die Erde. Er lag auf einer Metallliege, die sich mit anderen Metallliegen zusammen auf einer großen Wiese befand. Am Rande der Wiese standen Bäume, und auf drei Seiten wurde sie von einer Hecke umschlossen, hinter der sich wiederum ein Zaun befand. Auf der vierten Seite gab es zwei Zugänge, die aus einer Art kleinem Wäldchen auf die Wiese führten.

Das Brennen der Sonne wurde immer wieder dadurch unterbrochen, daß sich dunkle Wolken mit weißen Rändern vor sie schoben. Der Wind wehte ziemlich heftig und ließ die Wolken schnell am Himmel dahin ziehen. Die Blätter der Bäume rauschten wie Wasser, das einen Gebirgsbach herabfließt.

Er schaute nach oben. Die Wolken glichen riesigen Bergen aus Zuckerwatte. Manche hatten die Formen von Tieren oder irgendwelchen Gegenständen. Der Phantasie waren keine Grenzen gesetzt. Alles zog vorbei, um hinter den Bäumen zu verschwinden.

„So wie das Leben!" dachte er, „es zieht vorbei und ist verschwunden, noch ehe man es bemerkt hat!"

Er schloß die Augen und genoß das Brennen der Sonne auf seinen Lidern.

Die Wolken wurden dunkler und der Wind verstärkte sich. Die Sonne zeigte sich jetzt nur noch kurz zwischen den Wolkenmassen. Es wurde merklich kühler. Das störte ihn nicht. Er liebte diese Zeit auf der Liege. Sie war viel zu kurz. Wenn es nach ihm gegangen wäre, hätte sie ewig dauern können. Alles war besser, als wieder zurück zu müssen. Zurück in das Haus. Zurück in die Nummer 12.

Er schaute wieder nach oben. Die Wolken sahen so aus, als wenn sie mit ihm weinen wollten.

Er hatte verloren. Sie hatten ihn besiegt. Noch war er am Leben, aber seine Lage war aussichtslos. Er befand sich irgendwo im Kerngebiet der Roten. Er war weit gekommen und doch hatte es ihm nichts genützt. Seine ganzen Anstrengungen waren umsonst gewesen. Sein Atem ging schnell und flach. Er wußte nicht, wann sie ihn entdecken würden.

Sein Aufenthaltsort war eine Art Höhle, die sich in einem kleinen Hügel befand, der sich wiederum inmitten einer großen, weiten, steinigen Fläche erhob. Genauso trostlos wie seine Umgebung war seine Stimmung. Um ihn herum tänzelten vereinzelt kleine, grüne Kugeln. Es waren nicht mehr sehr viele. Genau genommen war es nur eine Handvoll, die ihm geblieben waren. Alle anderen waren im Kampf mit den Roten vernichtet worden. Immer wieder schwirrten die kleinen Bälle ganz dicht an ihm vorbei als wollten sie ihm sagen:

„Hab´ keine Angst! Solange wir da sind, kann dir nichts passieren, wir beschützen dich!"

Er verspürte so etwas wie Rührung und eine Art Mitleid mit den kleinen grünen Dingern, die sich für ihn aufopferten. Es waren seine einzigen Verbündeten im Kampf gegen den übermächtigen

Feind. Sie hatten immer zu ihm gestanden und nie einen Zweifel daran gelassen, daß es so war. Seine Freunde, alle, die er kannte, hatten sich nach und nach zurück gezogen. Je mehr er in die Welt der Roten eindrang, je weiter entfernte er sich von den Menschen um ihn herum. Eigentlich hatte nicht er sich entfernt: Nein, sie waren es, die sich von ihm entfernt hatten. Wie oft hatte er versucht, ihnen alles zu erklären und wie oft hatten sie gelächelt und am Ende hatten sie sich verleugnen lassen. Er kämpfte auch für sie. Er wußte nicht, warum er das tat. Er wußte nur, daß es seine Bestimmung war.

Wieder schaukelte ein kleiner grüner Ball an ihm vorbei. Es hatte sich nichts verändert um ihn herum: Alles war grau, dunkel und grau. Der Himmel war grau, die Erde war grau und die Berge am Horizont waren grau. Das dauernde Dämmerlicht machte ihm zu schaffen. Heller wurde es nicht. Das hier war der Tag im Land der Roten. Die Nacht war schwarz, tiefschwarz. Dann konnte man die Hand nicht sehen vor Augen. Die Roten waren wie Fledermäuse. Ihnen konnte die Dunkelheit nichts anhaben. Im Gegenteil: Sie schienen sich dann noch schneller und sicherer bewegen zu können. Er hatte es aufgegeben, sich in der Dunkelheit zu bewegen. Er verharrte dann regungslos an einem Ort, der ihm sicher erschien und wartete auf den Morgen, wartete auf die hellere Dunkelheit.

Er hatte viel gewartet in den letzten Jahren. Hier, im Land der Roten und auch in seiner eigenen

Welt. Es hatte seine Zeit gebraucht, bis er genug über die Roten erfahren hatte, um sich in ihrer Welt einigermaßen sicher bewegen zu können. Jetzt konnte er jeder Zeit in ihre Welt eintauchen. Am Anfang war ihm das nur zeitweise gelungen und er konnte den Zeitpunkt nicht bestimmen – der Zeitpunkt bestimmte sozusagen ihn. Im Laufe der Jahre hatte sich das verändert. Ja, es hatte sich umgekehrt: Es war für ihn nun schwerer, in seine Welt zurück zu kehren, als in ihre zu gelangen. Das machte seine Aufgabe nicht einfacher. Er schwebte immer in Gefahr, nicht mehr rechtzeitig in seine Welt entkommen zu können. In dieser Situation befand er sich im Augenblick. Das Portal, durch das er zurückgelangen wollte, war verschlossen. Er mußte warten, bis es sich wieder öffnete. Alles hing für ihn davon ab, daß es das tat, bevor sie ihn aufgespürt hatten.

Die Dunkelheit war nicht mehr weit. Eine Stunde vielleicht noch, wenn er Glück hatte. Wenn es ihm bis dahin nicht gelungen war, einen Weg zurück zu finden, war seine Lage hoffnungslos. Dann konnte ihn nur noch ein Wunder retten. Mit dieser Gewißheit saß er in seinem Versteck und folgte den kleinen, grünen Bällen, die ihn noch immer umkreisten.

Die Sonne stand dicht über dem Horizont und ihre Strahlen streichelten die Wasseroberfläche des Sees. Es war ein kleiner See. Ein kleiner See irgendwo in den Weiten Schwedens. Er liebte diesen See, obwohl er das erste Mal hier war. Er war überhaupt das erste Mal so weit im Norden. Eigentlich hatte er seinen Urlaub irgendwo im Süden verbringen wollen. So etwas wie Mallorca oder Gran Canaria hatte ihm vorgeschwebt. Seine Frau war da völlig anderer Meinung.

„Nicht in den Süden", hatte sie gesagt, „da ist es nur heiß und voll!"

„Aber ich mag es, wenn es heiß ist!"

„Aber du magst es nicht, wenn es voll ist!"

Damit hatte sie zwar nicht ganz unrecht, aber dieses Argument konnte ihn nicht davon überzeugen, seine Reisepläne zu Gunsten der ihren aufzugeben.

„Aber es ist nicht überall voll", versuchte er, ihr Argument zu entkräften.

„Anton!" sagte sie und schaute ihn vorwurfsvoll an, „das meinst du doch nicht ernst, oder?"

„Natürlich meine ich das ernst", sagte er und wußte, daß sie Recht hatte.

„Wo bitte findest du im Süden in der Hauptsaison einen Ort, der nicht überlaufen ist?"

„Na, zum Beispiel…", sagte er stirnrunzelnd und

man sah, wie es fieberhaft in ihm arbeitete.

„Na also! Es gibt keinen. Überall drängen sich die Urlauber. Es ist Sommer, es ist Hauptsaison. Ja, ich weiß, was du sagen willst: Mir wäre es auch lieber, wenn wir nicht in den Ferien fahren müßten, aber es geht nun einmal nicht anders, das weißt du genau."

Ja, er wußte es. Er dachte an die Zeit, als er noch allein mit seiner Frau war, als sie noch verreisen konnten, wann und wohin sie wollten, als sie keine Rücksichten nehmen mußten, als sie noch keine Tochter hatten. Nicht, daß er seine Tochter nicht liebte. Im Gegenteil: Er vergötterte sie. Das änderte aber nichts an seinem Unmut zur Ferienzeit. Immer mußte man Rücksicht nehmen auf die Schulferien und immer mußte man Rücksicht nehmen auf „das Kind", wie seine Frau dann sagte. Er hatte diesen Gedanken kaum zu Ende gedacht, als er auch schon die Stimme seiner Frau vernahm:

„Anton, wir müssen auch an das Kind denken!" Da war es, das Kind.

„Ja, aber **das Kind**", er betonte die zwei letzten Worte in besonderer Weise, „werden die vielen Menschen nicht stören. Und die Wärme auch nicht", setzte er hinzu.

„Weißt du nicht mehr, im letzten Jahr?" Sie gab nicht auf. Sie gab nie auf. Und sie gewann immer. Er wußte schon vor Beginn der Kampfhandlungen, daß er die Schlacht verloren hatte, aber er wollte sich wenigstens nicht kampflos ergeben.

„Das war eine Ausnahme und so schlimm war

es nun auch wieder nicht, so aus der Distanz gesehen."

„Immerhin sind wir abgereist. Erinnerst du dich?"

Er erinnerte sich nur zu gut: Einen Urlaub in der Art, hatte er vorher noch nie erlebt. Das Hotel war eigentlich eine Baustelle. Gewiß, einige Zimmer waren schon soweit fertig, daß sie von Wänden umgeben waren und Türen besaßen. Auch eine Art Speisesaal ließ sich nutzen. Der Strand des Hotels wurde für die Baumaschinen benötigt, aber es gab ja den vom Nachbarhotel und mit denen Bestand eine Übereinkunft, so daß man sich dort ans Wasser begeben konnte. Daß es nur eine Art Sammeldusche für alle Hotelgäste gab, nahm er auch noch hin, aber als er nach einer Woche aufgefordert wurde, sein Zimmer zu räumen, weil es für eine Familie mit zwei Kindern benötigt wurde und man ihm ein Einzel- und seiner Frau und seiner Tochter ein Doppelzimmer zuwies, da war es dann doch zu viel des Guten. Ja, seine Frau hatte Recht: Es war wirklich kein schöner Urlaub. Aber das konnte er natürlich nicht so einfach zugeben.

„Und wohin sollten wir deiner Meinung nach fahren, wo es nicht so voll und laut ist?" begann er seinen Rückzug.

„Na, zum Beispiel nach Norden."

„An die Ostsee etwa?" Der Gedanke bereitete ihm Unbehagen. Die Ostsee war in seinen Augen eine große, faulige Badewanne.

„Nein, nicht direkt."

„Was heißt: Nicht direkt? Nordsee?"

„Nein, nicht direkt", sagte sie wieder.

„Mit deinen Antworten kann ich nichts anfangen. Könntest du dich etwas präziser ausdrücken. Ich wäre dir dankbar dafür!"

„Ich dachte an Schweden oder Norwegen. Da gibt es beides: Nordsee und auch Ostsee, aber man muß nicht unbedingt da ans Wasser. Es gibt genügend Seen im Inland."

„Hmmm", sagte er und runzelte die Stirn, „und wie willst du da hin?"

„Das habe ich mir schon genau überlegt", sagte sie und einen Moment später saß sie neben ihm auf der Lehne des Sessels. In der Hand hielt sie einen Stapel mit Katalogen und Landkarten. „Also, wenn wir…", begann sie.

Er schaute seine Frau an und wußte, daß sie die ganze Reise schon geplant hatte bis ins letzte Detail. Sie hatte keinen Moment daran gezweifelt, daß er ihr nachgeben würde. Er gab ihr immer nach am Ende.

So saß er nun also in einem bequemen Campingstuhl und blickte auf den Schwimmer seiner Angel, der ruhig auf der Wasseroberfläche schwamm.

„Und?"

„Noch nichts!"

„Dann wird es wohl auch heute wieder Dosenfisch geben!" sagte sie lachend.

„Da könntest du ausnahmsweise einmal Recht haben!"

„Ausnahmsweise?" sagte sie schnippisch, „du

weißt, daß es so sein wird!"

Er hegte diese Befürchtung auch: Sie waren jetzt seit drei Tagen an diesem traumhaften Platz und bisher hatte er weder einen Fisch gefangen noch einen gesehen. Er war sich inzwischen fast sicher, daß es gar keine Fische in dem See gab.

Seine Frau legte die Arme von hinten um seinen Hals. Er schloß die Augen und genoß die Berührung. Er hatte es bisher nicht bereut, ihr nachgegeben zu haben. Es war ein phantastischer Urlaub. Alle waren zufrieden. Auch ihre Tochter war begeistert. Es gefiel ihr sichtlich, sich nicht jeden Morgen unter die Dusche begeben zu müssen. Das Bad im See oder die Katzenwäsche im Bach bereiteten ihr immer wieder ein großes Vergnügen. Daß sie mit Mama und Papa in einem kleinen Zelt irgendwo in der Wildnis die Nacht verbringen mußte, machte ihr keinerlei Angst. Sie nahm das alles so, als wenn sie ihr Leben lang nie eine andere Art Urlaub gemacht hätte.

„Ach, wenn es nur immer so sein könnte!" sagte er.

„Das kann es, wenn du willst!" Sie küßte ihn zärtlich auf die Wange.

Er war in einer anderen Welt, einer friedlichen, warmen Welt. Hier gab es nur ihn, seine Frau und ihre Tochter. Er wußte, daß ihm nichts und niemand jemals die Erinnerung daran nehmen konnte.

Es war dunkel. Dunkel und kalt. Die Kälte war unangenehm, denn es war nicht nur kalt, sondern auch feucht. Die Feuchtigkeit kroch in seinen ganzen Körper. Er konnte sich nicht dagegen wehren.

Seinen Augen gelang es nicht, die Dunkelheit zu durchdringen und seinem Körper nicht, seine Position durch eine Bewegung zu verändern. Er war an seinen jetzigen Standort gefesselt. Er schien zu liegen, aber er war sich dessen nicht sicher. Der Versuch, mit seinen Fingern die nähere Umgebung abzutasten, war gescheitert. Nach mehreren Versuchen hatte er es aufgegeben. Er hoffte auf irgendeine Veränderung um ihn herum. Auf etwas, auf jemanden, der ihn aus seiner Lage befreite. Doch die Dunkelheit blieb dunkel und die Schwärze blieb schwarz. Und er blieb allein.

Er war nicht mehr allein. **Sie** waren da. Die Roten waren da. Sie waren überall. Es war dunkel, es war Nacht und sie waren aus ihren Verstecken gekrochen. Nun schwirrten sie durch die Luft und suchten alles ab nach dem Eindringling, nach ihm. Noch hatten sie ihn nicht entdeckt, aber es war nur noch eine Frage der Zeit. Seine kleinen grünen Freunde konnten ihn nicht retten. Er wußte, daß sie bis zum Letzten für ihn kämpfen würden, aber es waren einfach zu Wenige. Es waren immer weniger geworden in den letzten Wochen. Früher hatte sich ihre Zahl schnell erholt. Jedes Mal, wenn er aus seiner Welt hierher zurück kehrte, fand er sehr viele von ihnen vor. Es mußte etwas geschehen sein, daß ihnen die Fähigkeit genommen hatte, sich zu reproduzieren. Je weniger sie wurden, je mehr gab es von den Roten.

Er hörte sie. Er hörte ihre Rufe und er spürte den Luftzug ihrer Schwingen. Sehen konnte er sie nicht, dazu war es zu dunkel.

Es kam Bewegung in die kleinen grünen Bälle. Sie schwirrten schneller um ihn herum und plötzlich verließen sie wie auf Kommando die Höhle. Einen Augenblick später wußte er, warum sie das getan hatten: Er hörte ein lautes Krachen direkt vor dem Höhleneingang. Dann gab es eine gewaltige Explosion: Einen der Roten hatte es erwischt und er war direkt vor dem Höhleneingang zerplatzt. So sehr ihn das erfreute so wußte er doch, daß jeder Rote der vernichtet wurde, eine Schwächung seiner Position bedeutete. Jeder zerplatzte Rote bedeutete auch den Verlust eines Grünen. Er hörte Schwingen, Schreie und explosionsartige Geräusche. Dann wurde es für einen kurzen Moment ganz ruhig und ein seltsames Licht erhellte die Höhle und die Fläche vor ihr. Das, was er sah, schnürte ihm die Kehle zu: Die Fläche war übersät mit Roten! Sie standen dicht an dicht vor dem Eingang und ihre langen, scharfen schnabelartigen Auswüchse zeigten in seine Richtung. Es waren keine kleinen, grünen Bälle zu sehen. Er wußte, daß es gleich vorbei sein würde. Er schloß die Augen und erwartete die Roten.

Der Schmerz war kurz aber unerträglich. Er spürte einen kurzen Moment jede einzelne Zelle seines Körpers. Dann war es wieder nur noch dunkel. Er sah keine Roten, er sah keinen Lichtschimmer und er spürte auch seinen Körper nicht mehr.

Es war ziemlich dunkel. Es war noch dunkler als dunkel. Man hätte die Hand vor Augen nicht erkennen können, geschweige denn das Ende des Raumes. Das Ende welchen Raumes? War es überhaupt ein Raum, in dem er sich befand? Er wußte es nicht. Seine Augen versuchten, die Finsternis zu durchbohren, aber es gab nichts, daß ihnen einen auch noch so kleinen Anhaltspunkt bot. Alles war schwarz und alles blieb schwarz. Wie war er hierher gekommen?

„…Und Sie meinen?" sagte die junge Frau mit flüsternder Stimme.

„Sie können ruhig normal sprechen", antwortete der Mann neben ihr, „er kann uns nicht hören!"

„Und da sind Sie sich sicher?"

„Ich mache das nicht erst seit gestern!" sagte er mit einem leicht verärgerten Ton in der Stimme, „ich weiß, wovon ich spreche!"

„Verzeihen Sie, Doktor, ich dachte ja nur…"

„Nein, da können Sie ganz beruhigt sein, Antonia. Ich würde Ihnen ja gerne etwas Anderes sagen, aber…", er holte tief Luft und zuckte mit den Schultern ohne seinen Satz zu beenden.

„Doktor, ich, wenn es doch nur die Spur einer Möglichkeit…" Ihre Augen röteten sich und Tränen rannen über ihre Wangen.

Der Arzt schüttelte den Kopf.

„Er ist alles, was ich habe, alles. Es muß eine Möglichkeit geben. Er würde nicht einfach so gehen. Ich weiß das. Ich fühle das. Ich bin mir sicher: Er kann uns hören. Er weiß, daß wir hier sind! Er weiß es. Ich spüre es." Sie schluchzte und verbarg ihr Gesicht hinter ihren Handflächen.

„Sie meinen, es zu spüren. Sie klammern sich an eine Hoffnung, die keine ist. Es ist vorbei. Das, was Sie dort sehen, ist nur seine Hülle. Seine leere Hülle. Es ist nicht leicht, Antonia, aber, Sie müssen sich damit abfinden. Sie sind noch jung. Ihr Leben hat gerade erst angefangen. Er würde nicht wollen, daß es so endet!"

„Nein, das würde er nicht, aber er würde auch nicht wollen, daß ich ihn aufgebe!"

„Antonia!" sagte der Arzt mit fester, keinen Widerspruch duldender Stimme, „begreifen Sie endlich, daß es vorbei ist!"

„Nein, ist es nicht, nie", flüsterte sie.

Es war dunkel. Sehr dunkel. Alles um ihn herum war schwarz. Er konnte sich nicht bewegen und seine Augen konnten die Dunkelheit nicht durchdringen. Er glaubte, etwas gehört zu haben. Für einen kurzen Moment schien es ihm, als wenn Stimmen um ihn herum gewesen waren.

Angestrengt lauschte er in die Finsternis. Da war nichts. Er mußte sich getäuscht haben. Es war und es blieb dunkel und still. Er war allein. Allein mit sich und der Dunkelheit. Sie war alles, was ihm geblieben war. Sie lag auf ihm und hüllte ihn ein. Er konnte sich nicht mehr aus ihr lösen.

ENDE

Über den Autor

Das Licht der Welt erblickte ich in einem eher dörflichen Ortsteil einer großen deutschen Stadt, die zu jener Zeit in zwei Hälften geteilt war. Hier erlebte ich den Mauerbau und den Mauerfall mit. Besonders die Zeit zwischen den beiden Ereignissen hat mein Leben maßgeblich geprägt und den weiteren Lebensweg nicht unwesentlich beeinflusst.

Nach dem erfolgreichen Bestehen des Abiturs besuchte ich die Freie Universität. Dort führte ich über einige Jahre verschiedene Studien in unterschiedlichen Fachrichtungen durch.

Im Anschluss an diese aufschlussreiche Zeit begann ich, mich beruflich in den kaufmännischen Bereich zu orientieren, wo ich in verschiedenen Positionen zum Wohle eines Unternehmens tätig war.

Obwohl ich seither meine Heimatstadt immer wieder für längere und kürzere Zeiträume verlassen habe, um mir ein Bild von anderen Teilen der Welt zu machen, habe ich ihr doch nie den Rücken gekehrt. Noch heute lebe und arbeite ich dort.

Mit dem Schreiben habe ich schon sehr früh begonnen, es aber bis vor einigen Jahren mehr als eine Art persönliches Hobby angesehen. Es war kein leichter Schritt mit einem eigenen Buch in die Öffentlichkeit zu gehen. Schließlich habe ich es mit „Eine Woche und sieben Tage" gewagt. In der Zwischenzeit sind aus dem einen Buch mehrere geworden.

Ich wünsche allen Lesern, wobei hier natürlich auch die weiblichen Freunde meiner Bücher gemeint sind, viel Freude an der Lektüre dieser Werke.

Klaus-Jürgen Sparfeld.

Vom Autor bisher erschienen:

Der dunkle Tag
Roman, 144 Seiten, Paperback
Herstellung und Vertrieb: Books on Demand GmbH, Norderstedt,
ISBN 978384 4800234

Eine Woche und sieben Tage

Zwei Freunde, die ihren Urlaub in Südamerika verbringen, treffen auf zwei Freundinnen, die dies ebenfalls tun. Es kommt zu einer Reihe unvorhergesehener Ereignisse, die zu einer Vielzahl von Verwicklungen führen. Das Verschwinden von Carlos und das Auffinden eines Verletzten sowie der Versuch, ein Geheimnis zu entschlüsseln verkomplizieren die Angelegenheit noch.

Eine Woche und sieben Tage - Auf dem Weg ins Abenteuer
Teil 1 der Trilogie - Abenteuerroman, 132 Seiten, Paperback
Herstellung und Vertrieb: Books on Demand GmbH, Norderstedt,
ISBN 978384 4800685

Eine Woche und sieben Tage - Der Weg zum Sternenhaus
Teil 2 der Trilogie - Abenteuerroman, 140 Seiten, Paperback
Herstellung und Vertrieb: Books on Demand GmbH, Norderstedt,
ISBN 978384 4806601

Eine Woche und sieben Tage - Der Kreis schließt sich -
Teil 3 der Trilogie - Abenteuerroman, 156 Seiten, Paperback
Herstellung und Vertrieb: Books on Demand GmbH, Norderstedt,
ISBN 978384 4809602

Eine Woche und sieben Tage - *Gesamtausgabe der Trilogie*
Abenteuerroman, 260 Seiten, Paperback
Herstellung und Vertrieb: Books on Demand GmbH, Norderstedt,
ISBN 978383 7034967

Herr Kues

Roman, 140 Seiten, Paperback
Herstellung und Vertrieb: Books on Demand GmbH, Norderstedt,
ISBN 978383 9111765

Herr Kues ist ein ganz normaler Mann mittleren Alters, der in einer ganz normalen Stadt lebt und einer ganz normalen Arbeit nachgeht.

Doch Herr Kues ist anders. Er lebt allein; er hat weder Freunde noch eine Familie. Ein Tagesablauf gleicht dem anderen, alle Dinge in seinem Leben sind geordnet und waren schon immer so, wie sie sind.

Dann geschieht etwas, das ihn zwingt, seine kleine Welt zu verlassen...

Und dann kam Pit

Roman, 164 Seiten, Paperback
Herstellung und Vertrieb: Books on Demand GmbH,
Norderstedt, ISBN 978384 4813470

Olaf ist sechzehn, schüchtern und unsterblich verliebt. Er fährt das erste Mal ohne seine Eltern in die Ferien: mit seinem Freund Tilo und dessen Eltern. Die räumliche Trennung von seiner großen Liebe läßt ihn fast verzweifeln. Ein Übriges trägt das pubertäre Gehabe seines Freundes gegenüber Mädchen bei. Und dann ist da noch diese Petra, die von allen nur Pit genannt wird...

Weitere Leseempfehlung:

Owe Klajü - Das Nordlicht, das Bier und ich
Roman, 198 Seiten, Paperback
Herstellung und Vertrieb: Books on Demand GmbH, Norderstedt,
ISBN 978374 1263316

Jens lebt mit seinen Eltern in Berlin. Als sein Großvater in Husum stirbt, reist die Familie zur Testamentseröffnung dorthin. Der Inhalt des Testaments und das Wiedersehen seiner Mutter mit einem alten Jugendfreund lassen die Ehe seiner Eltern und die Vergangenheit seiner Mutter in einem ganz neuen Licht erscheinen.

Die Verwirrung seiner Gefühle wird noch verstärkt durch die Begegnung mit der 16 Jahre alten Meike, von der eine unerklärliche Anziehungskraft auf ihn ausgeht.

Als er ein bisher gut gehütetes Geheimnis aus dem Leben seiner Mutter erfährt, führt das zu einem scheinbar unauflösbaren Widerspruch zwischen dem, was sein Herz und dem, was sein Verstand sagt...